WITHDRAWN

Sed de venganza

Bianca™

HARLEQUIN™

Editado por HARLEQUIN IBÉRICA, S.A.
Hermosilla, 21
28001 Madrid

I.S.B.N.: 978-84-671-6116-8
Depósito legal: B-13191-2008
Editor responsable: Luis Pugni
Preimpresión y fotomecánica: M.T. Color & Diseño, S.L.
C/. Colquide, 6 portal 2 - 3º H. 28230 Las Rozas (Madrid)
Impresión y encuadernación: LITOGRAFÍA ROSÉS, S.A.
C/. Energía, 11. 08850 Gavá (Barcelona)
Fecha impresion para Argentina: 10.11.08
Distribuidor exclusivo para España: LOGISTA
Distribuidor para México: CODIPLYRSA
Distribuidores para Argentina: interior, BERTRAN, S.A.C. Vélez
Sársfield, 1950. Cap. Fed./ Buenos Aires y Gran Buenos Aires,
VACCARO SÁNCHEZ y Cía, S.A.
Distribuidor para Chile: DISTRIBUIDORA ALFA, S.A.

Capítulo 1

NICHOLAS Karamanlis no tardó en localizar a su presa. Aunque el salón de baile estaba repleto de invitados a la boda, él la vio enseguida. Estaba ligeramente apartada de la gente que se agolpaba entre la zona del bar y la pista de baile, y su aislamiento entre la multitud le llamó la atención.

Durante un rato se contentó con observarla desde el ventanal de la terraza. Las brillantes luces de discoteca giraban y esparcían su luz sobre la larga y rubia cabellera y la iluminaban con miles de tonos que se esparcían por su fina figura envuelta en un vestido verde y largo.

Ella se volvió y sus miradas se encontraron. Él quedó momentáneamente hechizado por su belleza. Las fotos que había tomado el detective privado no le hacían justicia.

Sostuvieron la mirada durante lo que pareció una eternidad y él sintió una repentina explosión de adrenalina. El hecho de que fuera deseable añadía un placentero atractivo a su tarea.

Cat desvió la mirada ante la llegada de sus amigos. Estaba acostumbrada a que los hombres la miraran, pero había algo distinto en la oscura e intensa mirada de ese hombre. No se trataba simplemente de que fuera guapísimo, sino de la manera en que la miraba, como un cazador que vigila a su presa. De repente se sintió vulnerable y, al mismo tiempo, sin aliento. Nunca se había sentido así, y eso la inquietaba. Incluso rodeada de sus amigos, sentía el fuerte latir del corazón, casi tan estruendoso como la batería de la orquesta.

Mientras intentaba pensar en otra cosa, bebió un sorbo de agua. Seguramente no era más que calor. Londres sufría una ola de calor y, a pesar de ser casi medianoche, y de que todas las puertas y ventanas del salón estaban abiertas, la temperatura rondaba los treinta grados.

También podía deberse a que, últimamente, se mostraba muy recelosa de los hombres. Cada vez que uno le dirigía la palabra, ella se preguntaba si habría sido enviado por su padre o su hermanastro. Era una locura, pero cuanto más se acercaba a su vigésimo primer cumpleaños, más fuerte era esa sensación de desconfianza y ansiedad. Faltaban tres meses para su cumpleaños y estaba impaciente por que pasara. Deseaba poder olvidarlo cuanto antes.

Pensó, con tristeza, que no debería sentirse así. Debería ser una fecha deseable, un momento de felices celebraciones en familia. De haber vivido su madre las cosas habrían sido diferentes, pero la única familia que le quedaba era su padre y su hermanastro, Michael, y lo único que les obsesionaba era la suma de dinero que heredaría ella si cumplía con los requisitos del testamento de su abuelo y se casaba antes de su cumpleaños. Ella no era más que un peón por lo que a ellos respectaba. Si movían la ficha hacia el matrimonio… jaque mate, y el dinero llegaría a raudales. Pero ella no iba a casarse por dinero, preferiría ir al infierno antes que seguirles el juego. Y se lo había dicho claramente, aunque ellos no habían prestado mucha atención.

¿Por qué no podía obsesionarse su padre con la felicidad de su hija? ¿Era demasiado pedir?

La pregunta despertó las sombras del pasado. Estaban en su interior y le hacían sentir la aguda soledad que la había acechado desde la niñez. Esa sensación no desaparecía nunca, ni siquiera en un salón lleno de personas. Era la maldición del dinero McKenzie.

–Oye, Cat, ¿te apetece bailar? –algunos de sus amigos la arrastraron hasta la pista de baile.

Agradecida por la interrupción, Cat se dejó llevar por ellos.

Durante unos minutos, ella consiguió olvidar y fue absorbida por la música. Estaba allí, junto al resto de los empleados de la compañía de publicidad en la que trabajaba desde hacía tres meses, para celebrar la boda de sus compañeros, Claire y Martin. La pareja se había casado en el Caribe la semana anterior y en esos momentos celebraban una fiesta en un lujoso hotel de Knightsbridge. Cat los veía en el centro de la pista, abrazados mientras bailaban lentamente, a pesar de que el ritmo de la música era muy animado.

«Así debería ser el amor», pensó Cat. A lo mejor algún día ella encontraría a alguien que le hiciera sentir así. Alguien que la amara, alguien en quien pudiera confiar. Un año antes, ella creyó haber encontrado a esa persona, Ryan Malone, atractivo y encantador, que, poco a poco la había hechizado y la había hecho pensar que era el definitivo. Después, descubrió que Ryan era socio de su hermano y que el único interés que tenía en casarse con ella era por la herencia. Aún dolía al recordarlo y, desde entonces, ella se había vuelto mucho más precavida con los hombres.

Ella se volvió y, sin querer, dirigió la mirada hacia la terraza, donde había estado ese hombre. Tenía la extraña sensación de que sus ojos seguían fijos en ella. Pero él no estaba allí, ni en ninguna parte. Era obvio que se lo había imaginado. Intentó rechazar esa sensación para concentrarse en la música, pero no lograba olvidar la oscura y profundamente intensa mirada.

Nicholas observaba a Cat desde su posición de ventaja. Bailaba bien, con movimientos ágiles y un ritmo natural muy sexy. Recordó haber oído una vez que si se baila bien, se es bueno en el sexo. A lo mejor podría verificar esa teoría más adelante. Ansiaba el momento de sentirla moverse sensualmente debajo de él. Poseer ese cuerpo curvilíneo iba a ser todo un placer.

Sin embargo, debía evitar precipitarse. Tenía que evaluar cuidadosamente la situación para averiguar quién se acercaba a ella. Quería saber si su padre o hermano tenían algún espía allí. Seguramente querrían proteger a la heredera de oro. Tenían tres meses para asegurarse la herencia. Él sabía que Cat era igual de avariciosa que el resto de la familia y, sin duda, los tres estarían decididos a poner sus manos sobre todo ese dinero.

Pues bien, Nicholas tenía otros planes. Mientras él viviera, no iba a permitir que tuvieran ese dinero. No serviría más que para provocar más destrucción.

La simple mención del apellido McKenzie le hacía estremecerse como si le hubiera mordido una serpiente. Carter McKenzie era una serpiente, un reptil sigiloso, manipulador y deshonesto. Ocho años antes, Nicholas había cometido el error de confiar en él. Carter le había mentido y engañado. Por su culpa, Nicholas había perdido mucho dinero intentando arreglar la situación, pero, lo que más le había enfurecido era que había estado a punto de perder algo mucho más importante que el dinero. Carter había intentado despojarlo de su reputación… y casi lo había conseguido.

Había aprendido la lección a la fuerza. Desde entonces, Nicholas había levantado un imperio que le había hecho más rico de lo que jamás había soñado, pero no había olvidado a su viejo enemigo. Se había tomado tiempo para observar y esperar su momento. Había comprobado que el hijo y la hija de Carter McKenzie eran idénticos a su padre. Michael McKenzie no era más que un artista de poca monta, y Catherine… les había financiado un negocio turbio tras otro y les igualaba en avaricia.

Según la información que tenía, no quedaba mucho dinero en el fondo del que ella había estado disponiendo y, sin el resto de la herencia McKenzie, no podría financiarles mucho tiempo más.

Nicholas soñaba con ese día, porque tenía intención de intervenir, seducir a Catherine McKenzie y recuperar lo que era suyo. Carter iba a lamentar haberse cruzado en su camino. La venganza iba a ser muy dulce.

Cat abandonó la pista de baile y, con discreta determinación, él la siguió, sorprendido al ver que se dirigía a toda prisa hacia la puerta principal. Parecía que, de repente, huyera de algo.

Instantes después, Cat se detuvo en el exterior. La calle estaba extrañamente desierta, incluso el portero que había estado de servicio horas antes se había marchado.

Lejos de la multitud, ella se sintió mejor, y le pareció absurdo el ataque de pánico que había sentido sobre la pista de baile. Por supuesto, nadie la vigilaba. Aun así, lo único que quería era volver a la seguridad de su piso.

Había una parada de taxis en la acera de enfrente, y ella había salido con la intención de subirse al primero y salir de allí, pero la parada estaba desierta. Aparte del sonido de las hojas de los árboles que se movían al compás de una suave brisa, sólo había silencio. Cat rebuscó en el bolso, sacó el móvil y llamó a un taxi. Después, se dirigió de nuevo hacia el hotel para esperar.

Al volverse, tropezó con un joven vestido con unos vaqueros y una camiseta. Durante un segundo, ella estuvo a punto de disculparse por no haberlo visto, pero, de repente, él la empujó bruscamente mientras agarraba su bolso y el móvil. Presa del pánico, Cat fue consciente de que sufría un atraco.

El teléfono fue arrancado con facilidad, pero ella se

aferró instintivamente al bolso y se produjo un forcejeo. Todavía tuvo tiempo de ver su rostro antes de que el bolso le fuera arrancado y el joven saliera a la carrera. Sin embargo, no llegó muy lejos, pues un segundo después cayó pesadamente sobre la acera. Cat escuchó el golpe del cuerpo al caer, y el sonido del móvil y el contenido del bolso al esparcirse por el suelo.

Entonces vio una forma oscura que salía de las sombras. Alguien había atrapado al atracador.

—Yo no me la jugaría —dijo un hombre mientras pisaba la mano del joven que intentaba recuperar el bolso—. La policía está en camino.

El joven no esperó más. En un segundo estaba de pie y abandonaba el lugar a toda prisa, mientras sus pisadas resonaban en la calle desierta.

—¿Está bien? —el rescatador se agachó para recoger las pertenencias de Cat, y ella percibió la tranquilidad, y el ligero acento, en su voz profunda. Al ponerse en pie, ella vio perfectamente su rostro, iluminado por una farola. Unos oscuros e intensos ojos se encontraron con los suyos. Era el hombre que la había observado minutos antes.

Le calculó unos treinta y dos años. Su pelo era negro, espeso y liso. Era muy atractivo, pero no del modo habitual, más bien de un modo duro y peligroso. Todo en él, desde los negros ojos hasta los sensuales labios, hablaba de poder y control.

—Creo que sí —ella fue consciente de que él esperaba una respuesta—. Gracias por ayudarme.

—No debería haber forcejeado por el bolso, podría haberla lastimado —dijo él—. La vida es más importante que una simple posesión.

Tenía razón, y ella empezaba a darse cuenta de lo que podría haberle sucedido. Él le entregó el bolso, y la mano de Cat tembló ligeramente.

–Entremos en el hotel –dijo él con voz amable, aunque la agarraba el brazo con fuerza.

Cat no intentó resistirse y se dejó llevar de vuelta a la seguridad del hotel. Había una fuerza en él que la abrumaba, y el contacto de la mano sobre su piel le produjo un salvaje escalofrío. Era una sensación que no entendía. Al fin y al cabo, ya no corría peligro… ¿o sí?

–Señor Karamanlis, ¿va todo bien? –preguntó el recepcionista cuando entraron en el vestíbulo.

A Cat no le pasó desapercibido que conociera el apellido del hombre. También observó que, cada vez que hablaba, los empleados se ponían firmes. El gerente del hotel apareció, llamaron a la policía y, de repente, ella se encontró camino del ascensor.

–Puede esperar a la policía arriba, en mi suite privada.

No era una invitación, más bien una orden. La puerta del ascensor se cerró y se encontraron solos en el reducido espacio.

Ella lo miró a los ojos y, de nuevo, sintió una sensación de alerta. No conseguía identificar los sentimientos que él le provocaba. Era algo más que la habitual cautela que sentía frente a los hombres.

Cat no comprendía cómo un extraño podía producir tal efecto en ella. A lo mejor se debía al hecho de que era enormemente atractivo, al estilo mediterráneo. A lo mejor se debía al modo en que la miraba, como si intentara descifrar los secretos de su alma.

Él oprimió el botón de la última planta e iniciaron el ascenso en silencio. Nicholas la observó apoyar la cabeza contra el espejo. Parecía joven, pálida y frágil. Tenía unos ojos de un imposible color jade, que lo miraban fijamente.

No era lo que él había esperado, y eso le inquietaba. Jamás habría imaginado que sentiría la necesidad de protegerla, pero lo había sentido al devolverle sus pertenencias, y le irritaba ese momento de debilidad. Se trataba de la hija de Carter McKenzie, se recordó. Sabía bien que esa mujer era tan traicionera y astuta como el resto de su familia. Había leído los informes del detective, y no permitiría que ese aire de vulnerabilidad le distrajera de su misión de venganza.

–Es muy… amable por su parte –Cat rompió el silencio mientras intentaba recuperar la calma.

–Es un placer –dijo él con voz melosa.

¿Había un tono cínico en su expresión, o se lo había imaginado ella?

–Lo vi en la fiesta –dijo ella con los ojos entornados–. ¿Conoce a Martin y a Claire?

–No.

La sencillez de la respuesta hizo que el pánico se apoderara de ella. ¿Había acertado en su primera impresión? ¿Le había enviado su hermano?

–Entonces, ¿qué hacía en la fiesta?

–Puedo hacer lo que quiera, puesto que soy el dueño del hotel.

–Ah, ya veo –era lógico, dado ese aire de superioridad con el que se paseaba por allí. Ella se sintió como una estúpida por haber pensado que su hermano había tenido algo que ver. Si era el dueño de ese hotel, debía de ser un hombre muy rico y poderoso, y no la clase de persona que cumplía las órdenes de otro.

–Me llamo Nicholas Karamanlis –se presentó él mientras buscaba algún gesto de reconocimiento en el rostro de ella. Ocho años antes, él había sido socio de su padre y, aunque nunca se habían visto, a lo mejor el nombre le era familiar. Pero ella ni siquiera pestañeó.

–Cat McKenzie –dijo ella mientras le tendía la mano.

Él dudó antes de estrecharle la mano y, cuando lo hizo, provocó una descarga de escalofríos en el cuerpo de Cat.

Sus miradas se fundieron, y ella se preguntó si él habría notado la salvaje química sensual entre ellos, o si no era más que su imaginación.

Temblorosa, se soltó, aliviada al ver que se abrían las puertas del ascensor, liberándola de la intensidad de la situación.

Nicholas sonrió para sus adentros mientras la acompañaba hasta la suite. De momento, la noche iba viento en popa.

Era evidente que ella no tenía ni idea de quién era él.

Había planeado seducirla durante la semana siguiente, ya que sabía que su padre estaría fuera del país, lo que reducía el riesgo de ser descubierto. Pero, cuando el detective privado le informó de que Cat asistiría a la celebración de una boda en uno de sus hoteles, había decidido adelantar sus planes y, esa misma tarde, había llegado en avión desde Atenas.

Y en aquellos momentos se alegraba de haberse arriesgado. Además, había poco tiempo.

El ladrón había sido de lo más oportuno, y el inmenso atractivo de Cat, que había despertado su deseo de llevársela a la cama, no hacía sino mejorar la situación.

Vengarse iba a resultarle muy fácil.

El pez había mordido el anzuelo. Sólo quedaba tirar del sedal.

Capítulo 2

LA SUITE de Nicholas parecía un ático. De diseño ultramoderno, los suelos eran de terrazo negro y los sofás, blancos y redondos, estaban situados para aprovechar la vista sobre Londres.

–Este lugar es fabuloso –dijo Cat, pegada a la ventana y mientras admiraba el jardín y la piscina.

–No está mal –admitió Nicholas, aunque la miraba a ella y no al paisaje. El vestido de seda verde se ajustaba a las finas curvas de su cuerpo, un cuerpo de lo más deseable. La fina cintura podría ser abarcada por sus grandes manos, y los pechos invitaban a que la boca de un hombre los explorara. Sólo con pensar en ello, Nicholas se excitó–. Tengo una suite así en cada uno de mis hoteles. Resulta útil por motivos profesionales aunque, como viajo tanto, apenas las utilizo.

–¿Y dónde se considera en casa? –ella lo miró con curiosidad.

–Tengo una casa en la isla de Creta –contestó él.

–Es griego –fue una observación, más que una pregunta–. Creta es un lugar hermoso.

–¿Ha estado allí?

–Sí, mi abuelo tenía una villa a las afueras de Xania y, de joven, pasaba las vacaciones allí.

Durante un instante, ella recordó la belleza de aquella mansión sobre el mar. Había adorado los veranos en aquel lugar, rodeada de amor y felicidad. Después ocurrió el accidente y su madre murió. Cat no tenía más de diez años, pero, desde el día en que el coche de su padre perdió el control en aquella carretera, su vida también había sufrido un vuelco. Y Creta había dejado de ser un lugar de felices recuerdos.

–¿Ha estado allí recientemente? –Nicholas percibió la seriedad del rostro de ella y, por algún motivo, sintió el impulso de consolarla y ahuyentar los oscuros nubarrones.

Cat no quería ni pensar en su visita el año anterior. Su padre le había obligado a avalar a su hermano en un ruinoso negocio. Al llegar allí, había descubierto que Michael había organizado deliberadamente una estafa, y ella había pasado una semana buscando a las personas a las que había timado para devolverles el dinero.

–Últimamente no tengo tiempo para vacaciones.

Nicholas percibió su vacilación. No le había mentido, simplemente había sorteado la verdad. Él sabía por sus fuentes que había vuelto a Creta el año anterior para apoyar económicamente a su hermano en uno de sus negocios. El detective privado había tomado fotos de sus visitas a las víctimas de la estafa. Poco después, y tras volver Cat a Londres, habían cometido una estafa aún mayor. Era algo que no debía olvidar. Ella era una auténtica McKenzie. Todos ellos parecían tener la costumbre de mentir por omisión.

Cat se sorprendió al percibir un destello en los oscuros ojos que la miraban fijamente y sintió un escalofrío, como si alguien se paseara sobre su tumba.

–Debería volver –dijo él mientras le daba la espalda. La ligereza en la voz contrastaba con la feroz intensidad de la mirada–. Voy a prepararme un whisky. ¿Le apetece tomar algo? –preguntó él–. Puede que un brandy, dicen que es bueno tras sufrir una impresión.

–No. Estoy bien, gracias.

–Deduzco que se encuentra mejor.

–Más que nada, me siento avergonzada.

–¿Avergonzada? –él arqueó una ceja.

–Por haber organizado todo este lío. Debería haberme ido a casa. No me han robado nada y la policía no podrá hacer gran cosa. Ese tipo ya estará lejos.

–Eso no tiene nada que ver. Si lo atrapan, evitarán que otra persona pase por lo mismo.

–Supongo que sí.

Ella lo contempló mientras él se servía una copa. El traje oscuro parecía caro y resaltaba sus anchos hombros. Cat no pudo evitar apreciar el impresionante físico de aquel hombre, fibroso y torneado, que daba la impresión de ser capaz de manejar cualquier situación.

No podía negar que le resultaba enormemente atractivo, pero no era su tipo. Tenía demasiado dinero y poder. Ella había crecido rodeada de riqueza y no le había gustado, ni le gustaba cómo transformaba a las personas. Sin duda era un tipo arrogante que siempre lograba lo que deseaba. Y tenía un aire peligroso que le hacía desconfiar intensamente en él.

El hombre parecía estudiarla atentamente y, aunque no la tocaba, ella fue repentinamente consciente de una cierta intimidad. Casi sentía los negros ojos recorrer su rostro y detenerse en los labios. Inconscientemente, Cat se los humedeció mientras el corazón se le aceleraba.

A medida que la mirada de él descendía, ella sintió endurecerse los pechos contra la seda del vestido. Era una sensación de lo más extraña. Por mucho que insistiera en que él no era su tipo, el cuerpo de Cat parecía hacer caso omiso. El ardor del deseo sexual crecía en su interior con feroz intensidad. Ella deseaba que la tocara… que la besara. En realidad, quería algo más. Deseaba compartir con él una intimidad que jamás había conocido. Era una locura.

–Me parece que le he hecho perder mucho tiempo –dijo ella tras tragar con dificultad y mientras rezaba para que su voz no revelara la ansiedad que sentía–. ¿Cuánto tardará en llegar la policía?

–Es viernes por la noche, y la llamada no fue de emergencia –él se encogió de hombros.

–Creo que debería irme –ella intentaba pensar racionalmente, pero sentía que el pánico la dominaba. Nicholas Karamanlis provocaba en ella un extraño efecto y, si se quedaba podría hacer algo que lamentaría más tarde. Al abrir el bolso se dio cuenta de que las llaves no estaban.

–¿Sucede algo? –Nicholas la miraba imperturbable mientras ella revolvía el bolso.

–¡Mis llaves no están!

–Recogí todo lo que había sobre la acera –dijo Nicholas con calma.

–¡No podré entrar en mi casa! Y no tengo llave de repuesto.

–Bueno… veamos. A primera hora de la mañana, puede hacer que cambien todas las cerraduras. Mientras tanto, puede quedarse aquí –la invitación sonó de lo más casual.

–Es muy amable por su parte –ella lo miró mientras él apuraba su copa–, pero sé que el hotel está completo. Algunos de mis compañeros intentaron reservar una habitación para esta noche.

–Me refería a que puede quedarse en mi suite –aclaró él mientras la miraba a los ojos.

La inocente sugerencia hizo que los sentimientos de ella se desbordaran.

Hubo un largo silencio durante el cual se palpaba la electricidad entre ellos. Cat observó que los ojos de él se posaban de nuevo sobre sus labios y el corazón volvió a latir descontrolado. ¿Cómo sería acostarse con ese hombre y que la besara y la tocara de manera íntima? La pregunta hizo que se acalorara y sintiera despertarse un intenso deseo de hallar la respuesta.

Apresuradamente, intentó controlarse. Cat era virgen. Le hubiera gustado decir que había elegido serlo hasta encontrar a la persona adecuada, pero la verdad era mucho más compleja. Lo cierto era que ningún hombre la había hecho sentir el deseo de entregársele por completo.

El único que casi lo había conseguido resultó que sólo iba tras su dinero y, afortunadamente, ella lo había descubierto antes. Después de aquello, le costaba confiar en los demás.

Pero ahí estaba, en la suite de un hotel a la una de la madrugada con un completo extraño, excitada tan sólo con la mirada de él, algo que ningún otro hombre había conseguido con caricias o besos. ¿Qué demonios le sucedía? No conocía a ese hombre y, aunque no pensaba que tuviera nada que ver con Michael o con su padre, podría estar casado y ser padre de familia.

—¿Me… está haciendo una proposición? —ella intentó aclarar delicadamente la situación mientras él le dedicaba una sonrisa burlona.

—Confieso que desde que la vi en la sala de fiestas deseé que nos acostáramos juntos.

Ella recordó el modo en que la había mirado antes. Sí, en sus ojos se reflejaba el macho depredador que marcaba a su presa. Ella lo había notado desde el principio y se había excitado. Ése era, en parte, el motivo de su miedo y de que abandonara precipitadamente la fiesta, como si la persiguiera el demonio.

Él alargó una mano y le acarició el rostro. Fue la caricia tierna de unos suaves dedos que se deslizaban por la suave piel. Después, esos dedos descendieron hasta el cuello de ella y levantaron su barbilla.

Los ojos de Nicholas estudiaron, hambrientos, el rostro de ella.

Por primera vez en su vida, Cat deseaba hacer una locura y acercarse a esos labios y esas manos que la invitaban a perderse. No entendía su propia reacción. Había tenido unos cuantos novios, pero jamás se había sentido así. Ni siquiera con Ryan había tenido problemas para evitar hacer el amor. En su fuero interno sospechaba que algo le sucedía, porque no era normal ser tan racional. Pero ese hombre, un hombre del que no sabía nada, despertaba en ella toda clase de salvajes sentimientos. Era extraño. Y preocupante. Sentía que perdía el control.

Haciendo acopio de toda su fuerza de voluntad, Cat interrumpió el contacto con la mano del hombre y dio un paso atrás.

–No me acuesto con extraños –dijo mientras le sostenía la mirada con dificultad y los demonios en su interior gritaban que cometía un error.

–Entonces, puede que debiéramos conocernos… y pronto –él la miró con ojos burlones.

La mayoría de las mujeres se derretían cuando él las miraba. De hecho, no recordaba la última vez que una mujer lo había rechazado. Sin embargo, Cat sostuvo su mirada con determinación.

Nicholas tuvo que admitir que le gustaba ese destello en los ojos verdes, y se sorprendió al respetar su rechazo.

–¿Está casado? –ella lo miró fijamente a los ojos.

–No… aún no –la pregunta lo divirtió.

–¿Tiene pareja?

–¿Por qué? –dijo él mientras intentaba disimular una sonrisa–. ¿Le interesa mi proposición? –añadió mientras se cruzaba de brazos y apoyaba la espalda contra el ventana.

–¡No se equivoque! –ella se sintió irritada. Había acertado en su primera impresión sobre él. Era un hombre seguro y arrogante que siempre conseguía lo que deseaba y cuando lo deseaba–. Tengo la sensación de que tiene una mujer esperando en casa que se sentiría muy infeliz si conociera la proposición que me ha hecho.

–¿Qué le hace pensar algo así?

–Es un empresario rico… y no exento de atractivo. No hace falta ser un genio para pensar que seguramente tiene pareja y que sólo busca un poco de diversión para rellenar un hueco.

–Es muy desconfiada –dijo él con calma–. Y si me lo permite, no parece que tenga muy buena opinión de los empresarios no exentos de atractivo –había una cierta frialdad en el tono desenfadado que provocó un escalofrío en Cat.

Tenía razón. No confiaba fácilmente en ningún hombre, pero ¿por qué le costaba tanto rechazarle a él? ¿Por qué deseaba tanto sentir sus labios ardientes sobre la boca?

–Puede que tenga razón –ella se encogió de hombros–. A lo mejor he pecado de ingenua al acompañarle hasta esta suite, pero supuse que, tras ayudarme minutos antes, su ofrecimiento era de lo más caballeresco –concluyó ella con la barbilla levantada.

–Pues, para su información, no hay ninguna mujer esperándome en casa.

Cat fue consciente de sentirse más complacida de lo que debería. No tendría que importarle, porque no iba a acostarse con él. No perdería su virginidad en una noche loca con un extraño.

–Y, desgraciadamente, tengo mi lado caballeroso –dijo él con una amarga sonrisa y mientras señalaba hacia una puerta–. Está ahí. Y se llama habitación de invitados.

–¡Ah! –dijo ella, absorta en el tono burlón de la voz de Nicholas.

–De modo que la oferta sigue en pie.

–Gracias –ella sonrió, y la calidez de su sonrisa inundó la estancia.

Seguramente ensayaba esos gestos frente al espejo, reflexionó Nicholas.

–Siento mucho haber pensado mal de usted –añadió ella con dulzura.

–¿Se refiere a pensar que estaba casado y que buscaba algo de diversión? –él negó con la cabeza–. No se preocupe, no es el caso.

–Le agradezco de veras su ayuda esta noche –dijo ella sumisamente.

Seguramente su gesto era tan falso como la mirada de inocencia, pero actuaba muy bien. Él casi se sentía capaz de creer que estaba ante la personificación de la dulzura y la moralidad, y no de la bruja avara que había invertido miles de libras en la financiación de la estafa de su hermano.

Una bruja que no tenía derecho a ser tan hermosa.

El sonido del interfono les interrumpió, y Nicholas se acercó al estudio para contestar.

–Señor Karamanlis –sonó la voz del recepcionista–. La policía está aquí.

–Que suban –dijo él mientras le daba al interruptor.

Algo en el brillo de sus ojos hizo que Cat sintiera un escalofrío, aunque no estaba segura si era de aprensión o de deseo. Tendría que haberse marchado de allí de inmediato.

La sensación de caminar al filo de la navaja era excitante. Bastaría con tener cuidado.

Capítulo 3

NICHOLAS escuchó la declaración de Cat ante la policía mientras a ella se le erizaba el vello de la nuca al sentir la negra mirada fija sobre su cuerpo.

¿Por qué se sentía como si la estuviera analizando? ¿Por qué sentía ese tirón de sensualidad, casi hostil, entre ellos cada vez que sus miradas se cruzaban? Al final fue incapaz de contestar a las preguntas del oficial, tan absorta estaba ante la poderosa presencia de Nicholas.

—Seguramente no ha sido más que una pérdida de tiempo —reflexionó ella algo más tarde cuando Nicholas volvió a la estancia tras haber despedido a los policías.

—No se crea, les dio una descripción bastante buena del asaltante —dijo él sin dejar de mirarla—. ¿Le apetece una última copa, o prefiere retirarse?

La pregunta provocó un violento golpeteo del corazón en el pecho de Cat.

No dejaba de preguntarse si se había puesto en ridículo al preguntarle descaradamente si estaba casado. Ella se avergonzó al recordar la respuesta de él: «¿Le interesa mi proposición?». Muy gracioso. Aunque, si su padre hubiera escuchado la conversación, se habría frotado las manos. Su padre la vendería al peor postor con tal de que Michael y él consiguieran lo que deseaban.

—Creo que voy a retirarme. Estoy bastante cansada.

Él asintió y la condujo hacia la puerta que había señalado poco antes.

—A la izquierda tiene un cuarto de baño —dijo él

mientras le enseñaba la elegante habitación con una enorme cama de matrimonio–. Póngase cómoda.

–Gracias –ella se volvió y lo miró a los ojos, sintiendo una vez más la fuerza de la atracción en su interior–. Buenas noches –añadió.

–Buenas noches, Cat –él sonrió.

Nicholas era consciente de que la noche no había salido tan bien como él esperaba, y no era sólo porque ella no hubiese cedido en lo de acostarse con él. Era mucho más que eso. Era como enganchar un pez pequeño con el anzuelo y descubrir que podía ser arrastrado por él.

Volvió al salón y apuró su copa. Después, contempló distraídamente las luces de la ciudad.

Durante un segundo rememoró la suavidad de la piel de Cat, el modo en que lo había mirado con un dulce y ardiente calor. La deseaba con una urgencia que no recordaba haber sentido en mucho tiempo.

Con el ceño fruncido, dejó el vaso en la mesa y se obligó a recordar con quién estaba tratando. El episodio de Creta el año anterior había sido especialmente desagradable. Si ponía sus manos sobre la herencia, sólo Dios sabía de lo que ella, y los hombres McKenzie, serían capaces.

Sin embargo, tuvo que reconocer que era muy sexy. Y también peligrosa, con el cuerpo de una sirena y esos ojos que invitaban al sexo.

Pero el sexo no era la finalidad, se recordó Nicholas con firmeza. Lo que él buscaba era la posesión total de esa mujer y, a través de ella, la venganza total sobre Carter McKenzie. La herencia se emplearía en alguna buena causa; él ya había pensado en un orfanato en Grecia.

De modo que se tomaría su tiempo para llevársela a la cama, pensó mientras apagaba las luces y se dirigía a su propio dormitorio. Su intuición le decía que, si intentaba forzar la situación, Cat se le escaparía de entre las manos, pero estaba seguro de que en poco tiempo lo tendría todo bajo control. Pronto ella sería suya, junto con la herencia McKenzie, un acuerdo muy satisfactorio.

Cat miraba el techo desde la enorme cama. Oía a Nicholas moverse por la suite y apagar las luces. A pesar del cansancio, no podía dormir. Las imágenes de la noche invadían su mente.

Algo no encajaba.

Volvió a ver al hombre que había intentado robarla cuando Nicholas Karamanlis hizo su aparición estelar. ¿Qué hacía él fuera del hotel?, se preguntó ella de repente.

Se giró y ahuecó la almohada mientras intentaba dormirse. ¿De verdad importaba el motivo por el que estuviese ahí fuera? La había ayudado, y eso era lo importante.

Cat cerró los ojos, pero en aquella ocasión el rostro que vio fue el de Nicholas. Los oscuros y brillantes ojos, la sensual curva de los labios. Era muy atractivo, pero no conseguía adivinar qué le hacía parecer tan peligroso. A lo mejor no era más que miedo por la atracción que sentía por él. Él no era la clase de hombre que ella quería.

Cuando se enamorara de alguien, sería de un hombre amable y sencillo. Quería una vida sencilla en la que ella y su compañero trabajaran duro para conseguir sus objetivos. Ése era su sueño. No deseaba los salvajes excesos del dinero, ni relacionarse con alguien sediento de poder que sólo viviera para sus negocios. Ella ya había vivido esa vida junto a su padre, y no le gustaba.

Por una extraña coincidencia, el hombre que la había ayudado, y que tanto la atraía, era de Creta, un lugar que guardaba la clave de muchas de las emociones que llevaba dentro.

«Debería volver», había sugerido él. Había vuelto a

Creta el año anterior para ayudar a Michael, únicamente porque se había sentido obligado a hacerlo. Su padre siempre le hacía sentir culpable, y ella siempre acababa por entregarle a Michael un dinero que, en principio, había estado destinado a sus estudios.

Su hermanastro no causaba más que problemas, pero su padre era incapaz de verlo. Adoraba a su único hijo varón, y echaba la culpa de cualquier problema a los términos del testamento del abuelo, a ella, o a cualquiera excepto a Michael. Además, podría ser que el comportamiento de Michael se debiera a los términos de ese testamento. Cat aún se sentía culpable por el modo en que su abuelo había dispuesto las cosas, aunque no fuera culpa de ella.

Cat tenía diez años cuando descubrió que tenía un hermano seis meses más joven que ella. Cuatro meses después del entierro de su madre, su padre le anunció que se volvía a casar con una mujer llamada Julia. Después, le había presentado al hijo de Julia, Michael, como hijo suyo.

El descubrimiento la había conmocionado. Julia había sido amante de su padre durante once años, pero ella jamás había sospechado que hubiera problemas entre sus padres.

Su abuelo estaba furioso, y había dejado claro ante su hijo que no aprobaba la boda.

–Es una cazafortunas –había espetado el abuelo delante de toda la familia–. Sólo ha permanecido a tu lado por el lujo del que la rodeas gracias al dinero McKenzie, y ahora quiere más. Pero, si te casas con ella, no recibirás ni un céntimo más. Me aseguraré de ello. Cambiaré el testamento.

El padre de Cat había tomado sus palabras por una amenaza sin sentido. Al fin y al cabo, él era hijo único, ¿cómo podría su padre dejarle sin nada? Y su boda con Julia siguió adelante.

Durante los cuatro años anteriores a la muerte de su abuelo, su padre se había esforzado mucho por ganarse las simpatías del anciano. Se volcó en el negocio familiar y consiguió mucho dinero, con la esperanza de impresionar a su padre. Algunos de los negocios rozaban el límite de la legalidad, sin llegar a ser ilegales, aunque tampoco éticos, le había contado su abuelo.

El abuelo no se había sentido impresionado en absoluto, y había culpado a Julia de la naturaleza de los negocios. Pero lo cierto era que Julia había estado demasiado ocupada despilfarrando el dinero. No era mala mujer. Cat no la catalogaría como la madrastra del cuento. Simplemente no era maternal. Michael apenas despertaba su interés, y Cat mucho menos.

De modo que Cat había crecido en una casa llena de dinero, pero sin amor. Intentó hacer amistad con Michael, pero era un niño hosco y retraído. Fueron años de soledad, y Cat creyó que las cosas no podrían ir peor, hasta que su abuelo murió cuando ella tenía catorce años.

Jamás olvidaría el día en que se leyó el testamento, ni la furia que su lectura desató.

El abuelo dejó la propiedad de Creta y la de Londres a su hijo. Después, estipuló que los negocios debían ser vendidos y que el dinero, junto con el grueso de la fortuna McKenzie, depositado en un fondo a nombre de Cat. El resto del dinero, la menor parte, había sido ingresado en una cuenta para sus estudios. No había nada para el hermanastro.

Cat recordó haberse dirigido ingenuamente a su hermanastro diciéndole: «No te preocupes, Michael, te daré una parte del dinero cuando lo reciba». Jamás olvidaría la mirada, de puro odio, que recibió a modo de respuesta.

Su padre había vendido la casa de Creta e invertido el dinero en impugnar el testamento, pero sin éxito. Gerald McKenzie había estado en plena posesión de sus facultades, y ella heredaría la fortuna McKenzie el día de su vigésimo primer cumpleaños, pero sólo si a la fecha estaba casada. Si seguía soltera, el dinero sería depositado en un fondo hasta que cumpliera los treinta.

Los labios de Cat dibujaron una mueca. Ella no sabía por qué su abuelo había dispuesto esa cláusula en el testamento. Quizás pretendiera mortificar un poco más a su hijo y su nieto al proteger a Cat y su fortuna de sus avarientas zarpas durante algún tiempo. Cualquiera que fuera el motivo, Cat no quería el dinero. Estaba maldito y ya había causado daño suficiente. Poco después del último juicio, su madrastra había abandonado a su padre. Fue la lección final de cómo el dinero podía destrozar a las personas y, según Cat, podía pudrirse en el banco.

Sin embargo, su padre y Michael tenían otras ideas. No habían dejado de insistir en lo mal que estaba que ella lo tuviera todo. Y ella comprendía su punto de vista. Fue el sentimiento de culpa el que le hizo vaciar las cuentas destinadas a su educación para entregarle el dinero a Michael. Había pedido un préstamo y, con la ayuda de dos trabajos, se había costeado la universidad.

Mientras tanto, Michael se había metido en varios negocios inmobiliarios arriesgados. Ella nunca supo de qué tipo eran hasta que tuvo que ir a Creta para avalarlo. Al descubrir cómo había utilizado su dinero, se había sentido enferma.

Entre los dos hermanos se había producido una violenta discusión, alimentada por el resentimiento de Michael quien le había confesado que conocía a Ryan. A Cat no le costó mucho averiguar que todo había sido un montaje y, de inmediato, había cortado con su novio.

Estuvo varios meses sin dirigirle la palabra a su hermano, pero, en Navidad, Michael había aparecido en su casa, lleno de remordimientos por las cosas que había dicho y hecho.

Ella había aceptado sus disculpas por la tranquilidad de su padre y se alegró de que no quedara más dinero en las cuentas destinadas a su educación. Sin embargo, a tres meses de su cumpleaños, Michael volvía a dejarse caer por su piso y a hablarle del dinero en un tono cada vez más desesperado y furioso.

Su padre había telefoneado hacía unas semanas. «Le prometiste a Michael repartir la herencia con él», le había recordado secamente. «Tu hermano no lo ha tenido fácil».

A ella le hubiera gustado decirle que para ella tampoco había sido fácil y que tenía un trabajo honrado, y que no había estafado a nadie, pero se había mordido la lengua. Criticar a Michael no hacía más que alterar a su padre. Lo mejor era dejarlo pasar y mantener a los dos hombres a distancia. Pero sí le había dicho tajantemente que no se iba a casar próximamente, por lo que el tema del dinero quedaría aparcado durante nueve años más.

Desde entonces no había vuelto a saber nada de ninguno de los dos, pero tenía la horrible sospecha de que tramaban algo. Lo cierto era que Michael siempre había manejado a su padre. Y su padre también quería una parte de la herencia. Era tan frío y calculador como su hermano.

Después del cumpleaños, las cosas se calmarían de nuevo. Lo único que tenía que hacer era aguantar durante tres meses y evitar cualquier relación amorosa.

Pero, mientras cerraba los ojos de nuevo, otro problema la asaltó: el problema de la fuerte atracción que sentía hacia Nicholas Karamanlis.

Tenía que mantenerse alejada de ese hombre. A primera hora de la mañana se marcharía sin mirar atrás.

En cuanto salió del dormitorio a la mañana siguiente, Cat escuchó la profunda voz de Nicholas Karamanlis. Hablaba en griego y, por un momento, ella se sintió de nuevo en Creta, bajo el ardiente sol de los veranos de su infancia. Siguió el sonido de su voz y lo encontró en la terraza.

Estaba sentado junto a la mesa del desayuno. El mantel blanco y los cubiertos de plata relucían bajo el sol. Sin embargo, no había nada de comer sobre la mesa. Ante él tenía un montón de papeles y hablaba por el móvil. Cat no pudo evitar pensar que era el reflejo del empresario triunfador, con su traje oscuro y la camisa abierta.

A sus espaldas, la vista de Londres era aún más espectacular que durante la noche. Se veía el verdor del parque St. James y la curva azul del río Támesis.

Nicholas levantó la vista y sus miradas se fundieron. Aunque no quería admitirlo, Cat sintió de inmediato una oleada de atracción y deseo en su interior. La mirada de él se fijó en sus labios, lo que le provocó un mayor acaloramiento.

Él sonrió y le señaló una silla frente a la suya. Sin embargo, Cat no se movió de la puerta. Tenía la intención de esperar a que colgara el teléfono para agradecerle amablemente su hospitalidad y marcharse de allí. Tenía que salir de allí. Las señales de alarma que habían sonado en su mente toda la noche atronaban insistentemente en aquellos momentos.

Mientras hablaba, Nicholas la miraba como si la estuviera desnudando.

Apresuradamente, ella desvió la mirada e intentó fingir que admiraba la piscina y la terraza, pero era consciente de que los ojos de él seguían fijos en su cuerpo.

Se sentía fuera de lugar, vestida con el vestido largo de seda verde, como si hubiese acudido allí en calidad de dama de compañía.

Nicholas dio bruscamente por finalizada la llamada.

Cat entendía el suficiente griego como para saber que él había prometido volver a llamar a su interlocutor.

–Perdóname, Cat. Se trataba de una importante llamada de negocios. ¿Qué tal has dormido?

–Muy bien, gracias –mintió ella con una sonrisa, porque lo cierto era que sus cavilaciones la habían mantenido despierta hasta altas horas de la madrugada.

–Siéntate a mi lado y desayunemos –dijo él mientras señalaba nuevamente la silla vacía.

–Si no te importa –dijo ella con firmeza–, tengo que localizar a un cerrajero para poder entrar en mi piso, y lo mejor es que me marche enseguida.

–Es una lástima. Quería hacerte unas preguntas sobre Goldstein Advertising. Trabajas allí, ¿no?

–Sí –dijo ella perpleja–. ¿Cómo lo sabes?

–No me costó mucho deducirlo. La mayoría de los asistentes a la fiesta de anoche trabaja allí.

–Supongo que sí –ella estaba desconcertada por el repentino giro en la conversación–. ¿Por qué te interesa Goldstein Advertising?

–¿Por qué puede interesarle la publicidad a un empresario? –él la miró fríamente. Era muy desconfiada, y las barreras que había sentido la noche anterior parecían haberse hecho más altas. ¿Por qué sería? A lo mejor había participado en tantos negocios sucios con su padre y hermano que daba por hecho que todo el mundo era tan retorcido como ella–. Mi última campaña la llevó Mondellio. A lo mejor la conoces. Estaba en varios de mis hoteles del Caribe. El lema era «Relájate con estilo».

–Sí, la vi –los ojos de Cat se abrieron desmesuradamente. ¿Era el dueño de *esa* cadena hotelera? Todos en el mundo de la publicidad habían visto la campaña que había despertado la envidia de la competencia–. Los anuncios eran buenos. Mondellio es muy respetada en el negocio.

–Tuvo mucho éxito –continuó Nicholas–, pero creo que es hora de cambiar.

A Cat se le despertó el instinto comercial. Si conseguía para su empresa una cuenta como la de Nicholas, sería un gran trampolín para su carrera.

La camarera apareció con el café.

–Claro que si tienes que marcharte… –concluyó Nicholas mientras se encogía de hombros–. De todos modos, lo de Goldstein no había sido más que una idea.

–Puedo quedarme unos minutos –dijo Cat mientras se dirigía a la mesa del desayuno.

Podría ser su golpe de suerte. Las cosas no le habían ido demasiado bien en la oficina. El sueldo no era malo, pero gran parte de él correspondía a bonificaciones, y ella sabía que las grandes cuentas eran entregadas a los favoritos. Era consciente de ser la nueva, pero tenía préstamos que devolver, y vivir en Londres era caro. Necesitaba demostrarles a sus jefes de lo que era capaz.

Nicholas recogió los papeles sobre la mesa mientras la camarera servía el café y le entregaba el menú a Cat, antes de retirarse discretamente. Le estaba resultando casi demasiado fácil. La perspectiva de un negocio lucrativo era algo a lo que ningún McKenzie podía resistirse.

Cat repasó el menú, pero no le apetecía pedir nada. Era incapaz de comer con la mirada de Nicholas clavada fijamente en ella. Su entusiasmo profesional había sido engullido por la presencia de aquel hombre. Tenía que haberse fiado de su instinto y largarse de allí. Podría haberle dado una cita para entrevistarse con ella en la oficina el lunes.

Claro que, a lo mejor en ese caso él no habría acudido, y no podía permitirse el lujo de desperdiciar una oportunidad así.

–¿En qué piensas exactamente al buscar otra agencia de publicidad? –dijo ella mientras dejaba el menú sobre la mesa.

–¿No quieres comer nada? –Nicholas ignoró delibe-radamente la pregunta. En vez de venderse, Cat inten-taba averiguar primero qué quería él. Reflejaba una aguda mente para los negocios.

–En realidad, Nicholas, no suelo comer mucho por las mañanas, pero te agradezco el café.

–¿No sabías que la primera regla de un buen trato es no negociar con el estómago vacío?

–Bueno, dado que esto no es más que una charla y yo no busco ningún trato, no pasa nada.

–¿Cuánto tiempo llevas en Goldstein? –Nicholas es-taba impresionado por su actuación.

–Tres meses.

–¿Tu primer trabajo después de la universidad? –él fingió adivinar la situación.

–El primero a tiempo completo. Trabajé por las no-ches y durante las vacaciones durante toda la carrera.

Él se preguntó por qué había hecho eso si su abuelo le había apartado dinero más que suficiente para pa-garse la carrera. Bebió un sorbo de café. Seguramente había preferido especular con ese dinero e invertirlo en los sucios negocios de su hermano.

–Si piensas que no estoy capacitada para manejar una cuenta de la envergadura de tu empresa, te equivo-cas –dijo ella tranquilamente.

–Ya veo –él hizo una mueca al comprobar que ella ya no parecía tan desinteresada.

–Lo cierto es que, hasta ahora, sólo me han confiado pequeñas cuentas, pero tengo muchas ideas y podría ha-cer mucho más –los ojos de ella brillaban–. El que yo tenga tanto por demostrar, y tú busques algo diferente, podría venirnos bien a los dos.

Ella lo miró con esos grandes ojos verdes, tan atrac-tivos, al igual que su actitud entusiasta, y Nicholas tuvo que quitarse el sombrero. Era una bruja de primera clase. Tras dudar unos segundos, rebuscó entre los papeles y le entregó una carpeta que le acababa de enviar Mondellio con algunas propuestas para mejorar el anuncio original.

–Dame tu opinión –dijo él mientras la observaba ojear el documento, y detenerse en algunos párrafos para estudiarlos con más atención.

Mientras se hizo el silencio entre ellos, Nicholas estudió su rostro. Tenía las pestañas largas y muy negras y un rubor natural teñía sus mejillas. Cuando se concentraba, mordisqueaba los suaves labios con unos blanquísimos dientes.

–Bueno, resulta obvio que éste no es el camino a seguir –dijo ella cuando terminó.

Él ya había esperado que dijera algo así, pero lo que no había esperado era que ella procediera a explicar claramente cuál era el problema. Le sorprendió su perspicacia y se quedó estupefacto cuando ella empezó a enumerarle algunas ideas propias muy novedosas.

–Si continúas con esta campaña tendrás un éxito moderado, pero nada más. Lo que necesitas es volver a captar la atención del público –ella cerró la carpeta–. Con un poco de tiempo para estudiar los detalles, se me ocurrirían algunas buenas ideas –al ver que él no contestaba, Cat continuó–: Puede que sea novata en Goldstein, pero la empresa es muy buena. Con su experiencia y mis ideas, podrías conseguir una promoción brillante y exitosa. Piénsalo.

Goldstein tenía suerte al contar con ella. Era inteligente, aguda y creativa. Durante un instante la llama del respeto chisporroteó en el interior de Nicholas, pero enseguida se obligó a rectificar. La pena era que fuera tan deshonesta y corrupta como el resto de su familia.

–Pero no te lo pienses demasiado –añadió ella con una sonrisa.

Nicholas tuvo que reconocer que había caído en su propia trampa. Aquella mañana, cuando había decidido llamar su atención con la excusa de los negocios, no tenía ninguna intención de cambiar de agencia de publicidad. Pero, en esos momentos, no sabía qué hacer. No le gustaban demasiado las propuestas de Mondellio. A lo mejor debería considerar las ideas de Cat. Ella tenía razón, Goldstein tenía muy buena fama, y lo primero era el negocio. Además, podría ser justo lo que necesitaba para lograr que Cat se acercara más a la trampa… y a su cama.

–Has hecho algunas sugerencias interesantes –dijo él–. Puede que quiera oír más.

Ella intentó apartar los ojos de él, pero le fue imposible. La tenía atrapada con su poderosa mirada y, de repente, su mente abandonó los negocios para adentrarse en terrenos más peligrosos. Y a ella le excitaba la perspectiva de explorar ese terreno. Recordó retazos de la conversación de la noche anterior:

«No me acuesto con extraños».

«Entonces, puede que debiéramos conocernos… y pronto».

Cat se alegró de que volviera la camarera. No sabía por qué había recordado esa conversación.

–¿Desea algo más el señor? –interrumpió discretamente la mujer.

Nicholas miró a Cat inquisitivamente, y ella sonrió amablemente mientras negaba con la cabeza.

–No, así está bien, gracias.

La camarera se retiró y se quedó a cierta distancia por si Nicholas la llamaba. Cat tomó otro sorbo del café mientras pensaba que Nicholas, seguramente, vivía rodeado de empleados atentos a sus deseos, y de mujeres pendientes de cada una de sus palabras. Y ella se alegraba de no haber cedido a sus deseos la noche anterior. No habría sido más que otra muesca en la culata. El sexo no significaba nada para él, no era más que un momento pasajero de ocio.

No se podía confiar en un hombre como Nicholas Karamanlis. Para él las mujeres no eran más que un objeto de juego para el dormitorio.

Pero otra cosa era hacer negocios con él. Cat había percibido el destello de respeto en su mirada mientras le exponía sus ideas, y le encantaba. Para un hombre como él los negocios lo eran todo. Seguramente sacaba mayor placer de hacer dinero que del sexo, y en cuanto al amor… lo único que amaban los hombres como él era un buen trato.

Ella había aprendido unas cuantas cosas de su padre.

–Si quieres, puedes pasarte por mi oficina la semana que viene y hablaremos con más detalle de mis ideas –sugirió ella con frialdad.

–Tendré que consultar mi agenda. Estoy bastante ocupado.

Cat decidió dejar el tema. A pesar de la respuesta de él, estaba tranquila. Había hecho una buena oferta. Sólo le quedaba sentarse y esperar.

–Has madrugado mucho –ella fijó la mirada en el montón de papeles sobre la silla vacía.

–Estoy en plenas negociaciones para adquirir otro hotel y me gustaría zanjar el tema lo antes posible. El tiempo es oro.

–Seguro que sale bien. Tienes aspecto de ser un hombre que siempre consigue lo que quiere.

–No siempre –contestó él con un extraño fulgor en la mirada–, pero me gustan los retos.

Algo en el modo en que lo dijo hizo que ella sintiera un cosquilleo.

El sonido del móvil rompió el silencio y, no sin alivio, Cat se apresuró a terminar el café.

Le escuchó contestar la llamada. Se trataba de otra conversación de negocios en griego. Algo no le gustaba. Su voz era seca y autoritaria y su mirada intensamente seria.

Aunque Cat no hablaba griego con fluidez, no se defendía mal y lo entendía bastante bien. Nicholas parecía interesarse por los progresos en la construcción de un orfanato. No. Tenía que haberlo entendido mal. Debía de estar hablando de la construcción de unas oficinas. Hablaba demasiado deprisa y a ella le costaba comprender los detalles.

Después de un rato, Cat se dedicó a contemplar el rostro del hombre. Un rostro que desprendía sensualidad. Ella se fijó en los labios. ¿Qué sensación produciría un beso suyo? Seguro que sería un amante experimentado. El corazón de Cat emitió una pequeña sacudida.

Él colgó el teléfono y la miró fijamente, haciendo que ella fuera consciente de la deriva de sus pensamientos.

—Tengo que marcharme —dijo Cat tras recuperar la compostura.

—Sí, yo también —contestó él mientras consultaba el reloj—. Si quieres, te llevo.

—No hace falta —era una grosería rechazarlo, pero sólo quería alejarse de él.

—Insisto. Si estás preparada, podemos irnos. Mi chófer ya debe de estar abajo.

Nicholas la condujo hasta el ascensor y, en cuanto pulsó el botón, las puertas se abrieron.

—Creo que la camarera se llevó una impresión equivocada sobre nosotros esta mañana —observó Cat una vez dentro de la cabina.

—¿En qué sentido?

—Porque aún llevo la ropa de anoche —Cat intentó no parecer muy avergonzada—. Creo que dio por hecho que había algo entre nosotros.

—¿Te preocupa lo que piensen los demás? —la voz aterciopelada tenía un tono de diversión.

—¡En absoluto! —dijo ella mientras lo miraba fijamente.

–Es una pena que mi conciencia esté pura y crista-
lina en cuanto a anoche –él sonrió.

Algo en esa sonrisa y el brillo burlón en los ojos hizo
que ella pensara que tenía razón y que era una pena que
la noche anterior no hubieran llegado a más.

–Hubiera sido un error –se le escapó a ella mientras,
apresuradamente, apartaba la mirada de él.

–Puede que sí… o puede que no.

–Bueno, pues nunca lo sabremos –dijo ella en voz
baja mientras cometía el error de volver a mirarlo. Era
demasiado atractivo para la paz mental de una mujer.

–¿En serio?

El tono de la pregunta era casi tan provocativo como
el brillo en su mirada. La sexualidad que emanaba hizo
que ella deseara acercarse a él y suplicarle que la hiciera
suya.

Estaba claro que jugaba con ella, comprobando sus
reacciones para ver hasta dónde podía llegar. En realidad, no estaba interesado en ella. Y estaba claro que, si
se hubiese acostado con él la noche anterior, en esos
momentos estaría consultando su reloj pensando en sus
negocios, como si ella no existiera.

Pero a pesar de todo su sentido común, ella deseaba
acercarse a él.

Durante un segundo, Nicholas consideró la posibilidad de pulsar el botón para detener el ascensor. Veía el
ardor en los ojos de ella y, a medida que su propia mirada se deslizaba por las curvas de su cuerpo, se ima-
ginó la facilidad con que liberaría esos pechos y arran-
caría la falda.

Lo único que se lo impedía era la tensión subya-
cente. Tenía la sensación de que, bajo esos sensuales y
ardientes ojos, las defensas de Cat seguían en alerta.
Aún no había llegado el momento de que se le rindiera… pero tampoco faltaba mucho.

–A lo mejor deberíamos comprobarlo en otro momento, cuando nuestras agendas estén más libres –dijo él con una sonrisa burlona.

–Yo creo que no –espetó ella, sin poderse creer lo arrogante que era ese hombre.

Las puertas del ascensor se abrieron y ambos salieron. Cat no dejaba de pensar en lo arrogante y pagado de sí mismo que era Nicholas, y del horrible efecto que producía en ella. Se odiaba a sí misma por la debilidad que la invadía en cuanto él se acercaba un poco.

El portero les franqueó la entrada y salieron al sol de la mañana. El aire bullía con los sonidos del tráfico londinense, pero lo que llamó la atención de Cat fue el Rolls Royce blanco que les esperaba y del que salió un chófer uniformado que abrió apresuradamente la puerta de atrás.

–En realidad, Nicholas, no voy a ir contigo –Cat se paró en seco a unos pocos pasos del coche. La idea de recluirse en un espacio confinado con ese hombre, siquiera unos minutos más, le ponía de los nervios–. Acabo de recordar que tengo que ir a un sitio primero.

–Ya veo –contestó él con un brillo extraño en la mirada.

¿En serio lo veía? ¿Sabía que estaba muerta de miedo? Ella esperaba que no fuera así.

–Hay muchos taxis en la parada de ahí enfrente, tomaré uno.

–Como quieras.

–En cualquier caso, gracias por tu ayuda y, si quieres hablar sobre mis ideas, llámame.

Cat se obligó a mantener la calma mientras sacaba una tarjeta de visita del bolso.

Al tomar la tarjeta, él rozó la mano de Cat, y ella sintió de inmediato una fuerte excitación. No entendía cómo el menor roce podía provocar un efecto así en ella. Sólo importaba el negocio.

–Ahí está el número de la oficina y el de mi móvil. Me encontrarás de ocho y media a seis.

Ella lo vio guardarse la tarjeta en el bolsillo de la chaqueta. Seguramente no volvería a verlo jamás. Una lástima, pero únicamente por perder una gran oportunidad de negocio. Por supuesto.

–Ya nos veremos –dijo ella con una fría sonrisa mientras le daba la espalda y se marchaba.

Capítulo 4

LA OFICINA estaba llena y faltaba el aire, y Cat no tenía un buen día. En realidad, no había tenido una buena semana. Su jefa había vuelto a entregarle dos lucrativos contratos a otro empleado.

—Lo siento, Cat —había dicho Victoria—. Quedaste segunda, a poca distancia del primero, pero no debo arriesgar. Se trata de un antiguo cliente. Y lo que cuenta es la experiencia.

—Tú eres quien decide —había contestado Cat mientras recogía su presentación. ¿Qué otra cosa podía decir? Pero, por dentro, la sangre hervía. Se rumoreaba que Victoria tenía una aventura con el hombre cuya presentación había sido la menos estimulante de la tarde. Cat odiaba los cotilleos, y no solía prestarles atención, pero empezaba a sospechar que había algo de verdad.

—Cat, abajo hay alguien que quiere verte —una de las recepcionistas interrumpió el incómodo ambiente de la sala.

Cat se sintió desfallecer. Suponía que sería su hermano, el cual le había llamado tres veces esa semana. Era típico de él irrumpir en el despacho para intentar montar una escena. Estaba tensa. Ya no podía más. Nadie conocía la situación de su familia, porque a ella no le gustaba hablar de ello. Si alguien preguntaba, siempre fingía que todo iba bien y que estaba muy unida a su padre y hermano. La verdad era demasiado triste, y demasiado vergonzosa, para admitirla. Si supieran lo de la herencia, todos los hombres querrían casarse con ella.

–No será mi hermano, ¿verdad? –preguntó tímidamente–, porque estoy demasiado ocupada para asuntos personales.

–No. Se trata de negocios –interrumpió Judy–. Es Nicholas Karamanlis, el propietario de la cadena hotelera Karamanlis.

Todas las cabezas, incluyendo la de Cat, se volvieron hacia la puerta. Judy había captado la plena atención de todos.

–Era cliente de Mondellio –observó alguien–. ¿No es ese magnate griego? El de la gran campaña «Relájate con estilo».

Un murmullo de excitación recorrió la sala de reuniones.

–Y ¿qué hace aquí? –preguntó bruscamente Victoria con los ojos clavados en Cat–. Y ¿por qué quiere verte?

–Le sugerí algunas ideas la semana pasada –Cat intentaba conservar la calma, pero su corazón martilleaba estrepitosamente. Había pasado una semana desde que le había entregado su tarjeta a Nicholas. Cada día había rezado para que llamara… sólo por motivos profesionales. Por supuesto. Pero, a mitad de semana no le quedaron esperanzas. Y el viernes por la tarde, como si tal cosa, aparecía.

–¿Le has propuesto algunas ideas a Nicholas Karamanlis? –su jefa parecía tener problemas para comprender–. ¿Ideas para una nueva campaña?

–Sólo algunas sugerencias –Cat se puso en pie–. Le dije que si quería oír más, viniera a verme.

–Pues… lo siento, Cat –el rostro de Victoria había adquirido un tono rojizo–, pero como superior, me temo que tendré que encargarme yo de esto.

–Insistió en ver a Cat –interrumpió Judy–. Fue muy explícito. Tengo la impresión de que, si ella no puede atenderle, se marchará.

El tono rojizo empezaba a volverse púrpura.

–No te preocupes, yo me encargo, Victoria –dijo Cat mientras se dirigía hacia la puerta.

–¡Eso me ha encantado! –sonrió Judy mientras seguía a Cat hacia el ascensor–. Esa mujer es cada vez más irritante.

Cat no podía estar más de acuerdo, pero era incapaz de concentrarse en algo que no fuera la presencia de Nicholas en el edificio. Se alisó nerviosamente los pantalones negros de rayas y se abrochó la chaqueta mientras intentaba centrarse en el aspecto profesional de la visita, a pesar de que su corazón había iniciado un alocado galope que nada tenía que ver con el trabajo

Se preguntó si tendría tiempo de retocarse el maquillaje. Seguramente no. Nicholas no era de los que esperaba, se le ocurrió en el instante en que las puertas del ascensor se abrieron.

–Ahí estás, Cat. Empezaba a pensar que te habías perdido.

Era tan imponente como ella lo recordaba. Imponente y atractivo. Llevaba un traje beis que se ajustaba a la perfección a su figura y dejaba adivinar los fuertes músculos del torso. Llevaba el cabello negro peinado hacia atrás de un modo casual y sexy, y los ojos estaban fijos en ella.

–Siento haberle hecho esperar, señor Karamanlis –dijo Judy.

Cat percibió el tono nervioso de la, normalmente, indómita recepcionista. Nicholas producía ese efecto sobre cualquier mujer. Eso le hizo armarse de valor. Ella no iba a derretirse ante él como cualquier mujer.

–Nicholas, qué agradable sorpresa –dijo Cat en un tono desenfadado y profesional–. Si hubieras llamado, te habría reservado una cita para que no tuvieras que esperar –añadió mientras le estrechaba la mano.

Eso casi fue su perdición. El firme contacto de su piel contra la de ella hizo que se acalorara y se quedara sin aliento. El brillo burlón en los negros ojos le indicó que él sabía que no estaba tan tranquila como pretendía aparentar.

–Tenía una hora libre y pensé que a lo mejor podrías atenderme.

En otras palabras, las citas eran para el común de los mortales. Él estaba por encima de todo eso y sabía que ella le vería por ocupada que estuviese.

Y, desde un punto de vista profesional, tenía razón. Era el cliente más importante que Cat había visto en ese edificio.

–Acompáñame a mi despacho –Cat lo guió hasta el despacho que le habían asignado para recibir a los clientes. Tenía el tamaño de un armario escobero, y ella dejó la puerta abierta para quitarle intimidad a la situación.

–Por favor, siéntate –ella señaló una silla de cuero al otro lado del escritorio–. Y ahora, cuéntame, ¿qué tal te ha ido la semana? –intentaba mantener un tono amistoso, aunque impersonal–. ¿Compraste el hotel?

–La negociaciones van bien –él se reclinó en el asiento y la miró lacónicamente.

–Me alegro.

Nicholas la contempló dirigirse al otro lado del escritorio, sin siquiera rozarlo. Tenía un aspecto estupendo y el traje que llevaba hacía resaltar sus curvas. Al inclinarse hacia delante, Nicholas apreció los sedosos cabellos rubios y, al abrirse el escote de la blusa, tuvo una visión de lencería fina y de unos pechos firmes y redondeados. Jamás había visto un traje de chaqueta tan sexy y fue consciente de que su mente ya no se ocupaba de cuestiones prácticas. Seguramente no era más que la emoción de la caza, pero Catherine McKenzie era la mujer más atractiva que había visto en mucho tiempo.

–¿Has pensado en algunas de las ideas que te expuse la semana pasada? –preguntó ella y, ante la sonrisa de él, continuó–: No era más que un esbozo –a pesar del tono de confianza había una repentina vulnerabilidad en su actitud. Se había sonrojado y los ojos verdes reflejaban dudas.

Él sabía que no había nada vulnerable en Cat, pero actuaba muy bien y le tenía hechizado.

–De todos modos, me tomé la libertad de preparar algo más detallado por si estabas interesado –dijo antes de entregarle una carpeta–. Lo que yo tenía pensado era empezar por uno de los hoteles y, a partir de ahí, desarrollar la idea –ella siguió mostrándole hojas–. Resultaría muy impactante.

–Veo que has estado ocupada –Nicholas estudió con detalle las hojas desplegadas ante él.

Ocupada era quedarse muy corto. Cat había trabajado todo el fin de semana para tener la presentación lista por si él aparecía al lunes siguiente. Al no hacerlo, cada noche se había llevado el proyecto a su casa para retocarlo. Le había dedicado cada minuto libre de la semana.

–No está mal –dijo él al fin.

–Creo que el éxito está asegurado –ella se sintió irritada ante el comentario de Nicholas.

–Puede que sí –él la miró durante largo rato. A pesar del tono impersonal, estaba impresionado, aunque no quería que ella lo supiera. Intentaba ponerle las cosas un poco más difíciles para empezar–. De modo que sugieres concentrarnos primero en un hotel…

–Sólo para empezar, porque le dará un toque más personal a toda la campaña y acentuará la individualidad de tus hoteles.

Nicholas se quedó callado mientras Cat sentía aumentar la tensión, aunque evitó hacer ningún comentario más. No quería parecer desesperada.

–Puede que hayas acertado –dijo él al fin.

–Sé que es así.

–Sin embargo, puede ser complicado elegir el hotel adecuado.

–No veo por qué –Cat tomó un lápiz y señaló las hojas–. Tienes mucho para elegir. Todos tus hoteles son de lujo, pero cada uno es único. Deberías elegir el que tuviera más carácter, el más romántico… eso es. Apuesta por el más romántico.

–Dicen que París es la ciudad más romántica del mundo –dijo él tras encogerse de hombros–. Y tengo un maravilloso hotel allí con vistas al Sena, pero…

–Demasiado obvio –observó ella.

–Eso era justo lo que estaba pensando.

Ella sonrió mientras su mente ya se había puesto en marcha para buscar una solución. Se golpeó la boca con el lápiz unos segundos y luego lo deslizó por el interior del labio inferior.

Él sabía que estaba concentrada en el trabajo, pero, aun así, encontró el gesto muy provocativo. Por fuera era una eficiente profesional, pero por dentro era una lasciva diosa del sexo. La deseaba… cada vez más.

–Puede que fuera mejor algo más cerca de casa –dijo ella pensativamente mientras recordaba el hotel del fin de semana anterior con sus preciosos restaurantes y terrazas–. ¿No se rumorea que Casanova asistió a un baile de máscaras en tu hotel de Londres?

–Sí –Nicholas rió–. Hay una placa conmemorativa en el salón de baile, pero…

–Podría ser un buen gancho.

No era la clase de gancho que Nicholas buscaba en esos momentos. Lo que él quería era un lugar lo bastante alejado de cualquier distracción, donde pudiera desnudarla y saciarse de ella.

–Lo cierto es que puede que tengas razón –dijo él mientras una idea se formaba en su mente.

–¿Eso quiere decir que la idea te gusta lo bastante como para seguir adelante con la campaña? –ella lo miró fijamente a los ojos con la ansiedad reflejada en su verde mirada.

–No. Significa que lo estoy considerando.

Ella frunció el ceño.

–Antes me daré una vuelta por el hotel mientras me imagino tus ideas llevadas a la práctica.

–¡Venga ya, Nicholas! –ella dejó caer el lápiz. Si lo dejaba salir de ahí, se pasaría los próximos días agobiada por si no volvía–. La oferta es buena, y te gusta… sabes que es así –insistió.

Él sonrió. Sí. Le gustaba, y eso era un punto a favor, pero le gustaría aún más si ella estuviese incluida en el paquete. Y sí, sabía que disponía de tres meses para lograr su objetivo, pero empezaba a cansarse de ser paciente. La paciencia nunca había sido una virtud en él.

–Te diré una cosa: tú te vienes a cenar conmigo esta noche a mi hotel y me explicas tus ideas publicitarias en directo. Y yo te prometo una respuesta antes de que acabe el día.

Cat sintió una oleada de calor que nada tenía que ver con la perspectiva de un buen negocio.

–Lo siento. Por desgracia, esta noche estoy ocupada –mintió ella. No podía pasar una velada en un lugar tan romántico, junto a alguien que provocaba tal aceleración en su pulso.

No quería sentir esa atracción por él. Debía concentrarse en el trabajo. ¡Necesitaba ese contrato!

–Es una lástima –él se puso en pie–. Ésta es la única noche que tengo libre.

Cat sintió de repente la horrible sensación de que cometía un tremendo error. Él se marcharía, y ella tendría que enfrentarse a las preguntas de su jefa sin saber qué decir. Y, peor aún, si Victoria descubría que había rechazado una cena con Nicholas Karamanlis, le daría un síncope.

–Bueno, a lo mejor puedo hacer algunos cambios –dijo ella mientras se ponía en pie.

–Eso estaría bien –él no parecía sorprendido por el repentino cambio de opinión. Era evidente que estaba acostumbrado, y ella se sentía irritada por haber tenido que ceder, pero ¿qué otra cosa podía hacer? Si él se mostraba de acuerdo con sus ideas, de todos modos tendría que dar una vuelta por el hotel para planificar el trabajo.

–¿A qué hora sales de aquí? –él consultó su reloj.

–Aún me quedan un par de horas –contestó ella contrariada–. ¿Por qué?

–Tengo que hacer la reserva.

–Podría estar preparada a las siete y media.

–Tendrá que ser un poco antes –él negó con la cabeza–, si queremos cenar antes de las diez.

–¿Por qué tan tarde?

–Porque el vuelo a Venecia dura dos horas.

–¿Venecia? –ella lo miró estupefacta–. Pensé que habíamos decidido empezar la campaña publicitaria con el hotel de Londres.

–¿Quién ha decidido eso?

–¡Pensé que estábamos de acuerdo! –ella alzó ligeramente la voz, totalmente presa del pánico. No podía ir a Venecia con él. Ya era malo cenar con él en Londres, pero marcharse tan lejos…

–Yo no me he mostrado de acuerdo con nada… todavía –recordó él con frialdad.

–Sí, pero el hotel de Londres sería el lugar perfecto –ella se negaba a ser intimidada–. Tiene un gran atractivo por lo del baile de máscaras.

–Y el hotel de Venecia lo tiene aún más, porque Venecia es la cuna del baile de máscaras.

Eso era algo que ella no podía discutir.

–Te recogeré dentro de una hora.

–Eso no me deja mucho tiempo para prepararme. ¿Cuánto va a durar el viaje?

–No tienes que llevar equipaje, si es eso lo que te

preocupa –dijo él–. Tengo un avión privado. Volverás antes de la medianoche. A no ser, claro está, que prefieras dormir allí.

–¡No! Mañana tengo un día muy ocupado –dijo ella de inmediato.

–Entonces, sólo tienes que traer tu persona –él sonrió–. Ah, y una copia de esto. No debemos olvidar el motivo de la cena, ¿verdad?

–No hay peligro de que eso suceda, Nicholas –ella no pudo evitar decirlo.

Y él parecía encontrar muy graciosas sus palabras.

Durante un instante ella le sostuvo la mirada mientras el corazón golpeaba contra las costillas. Sospechaba que él sabía que se sentía atraída por él, en contra de su voluntad, y parecía disfrutar con el poder que tenía sobre sus sentidos.

¿Por qué? ¿Porque era un macho arrogante que la veía como una especie de desafío?

Seguramente era eso. Cat no confiaba en él, pero tampoco en ningún otro hombre. Sabía lo traicioneros que podían ser, y Nicholas representaba todo lo que ella más odiaba en un hombre: era arrogante, poderoso e interesado únicamente en una cosa. Dinero.

Pero también parecía interesado en la propuesta. Lo había visto claramente en sus ojos mientras ojeaba la carpeta que ella le había entregado.

Eso era lo único que importaba. Si lo convertía en su cliente, todos sus problemas en Goldstein serían agua pasada. Ella habría demostrado su valía y los contratos lloverían. En poco tiempo devolvería el préstamo.

Si lograba no olvidarse de ese detalle, podría soportar cualquier cosa, incluyendo los demonios que la empujaban a imaginarse lo maravilloso que sería estar entre sus brazos.

Capítulo 5

CAT LLEGÓ a su casa pasadas las cinco. Salir antes del trabajo no le había resultado tan sencillo como suponía. Había tenido que preparar unos contratos para que Nicholas los firmara. A pesar de haberle puesto al día apresuradamente, Victoria no había dejado de revolotear a su alrededor. Una y otra vez insistía en repasar todos los detalles.

Al final, Cat había consultado su reloj y le había dicho secamente que, si no se marchaba, el contrato estaría en la papelera al día siguiente, ya que Nicholas no esperaba a nadie.

—Entonces será mejor que te marches —había dicho Victoria mientras le devolvía la carpeta—. No la fastidies, Cat. Espero un contrato firmado a tu vuelta el lunes.

Mientras Cat subía la escalera a su casa, demasiado impaciente para esperar el ascensor, pensaba en la desfachatez de su jefa. Cat había atraído a uno de los mejores clientes que Goldstein podría tener jamás, y esa mujer ni siquiera había alabado su trabajo.

Al llegar al descansillo, vio a su hermano apoyado contra la pared, junto a la puerta.

—¡Hola hermanita! —Michael era alto, delgado, y de pelo negro, y en cierto modo resultaba atractivo. Siempre vestía de diseño.

A pesar del tono amistoso, Cat no se engañó. Sabía que la visita no era de cortesía.

—Hola —dijo ella en tono cortante—. Lo siento, pero tengo mucha prisa. Una cena de negocios.

–Cat, te he llamado varias veces esta semana y no has devuelto ninguna de mis llamadas. ¿Cuándo tendrás tiempo de hablar conmigo? –dijo él con aspecto desolado.

–Puede que después de mi cumpleaños –contestó ella–. Para dejar zanjado el tema de la herencia.

–No me puedo creer que seas tan poco razonable –dijo él con el ceño fruncido–. Esto es importante. ¡Necesito el dinero, Cat! Los negocios van mal. Estoy sin blanca.

Michael siempre le decía que los negocios iban mal, pero vivía en un apartamento en Canary Wharf y, si ella miraba por la ventana, seguro que veía aparcado el deportivo rojo. Cat no estaba segura si su hermano vivía por encima de sus posibilidades… o si mentía. Lo único seguro era que, por mucho dinero que tuviera, nunca le bastaba.

–Siento oír eso –dijo ella mientras buscaba la llave–, pero ahora no tengo tiempo.

–¿De modo que no vas a hacer nada para reclamar nuestra herencia? –preguntó él bruscamente.

Siempre se refería al dinero como a «nuestra herencia», y Cat jamás se lo discutía.

–Si te refieres a si estoy planeando mi boda, la respuesta, Michael, es no.

–Por el amor de Dios, Cat –gruñó él–. A ti tampoco te vendría mal tu parte de ese dinero. Tu vida no es genial. Vives en una caja de zapatos, trabajas a todas horas y no ganas mucho.

–Me va bien –dijo ella secamente–. Y soy feliz.

–Estás acostumbrada a algo mejor, Cat. Te criaste rodeada de lujo.

–Lo siento, Michael, pero no me casaré para conseguir ese dinero.

–Papá y yo lo hemos hablado –Michael se mesó los cabellos.

–Me alegro por ti –Cat abrió la puerta, harta de escucharle–. Por favor, Michael, márchate.

–Sólo un minuto más –Michael metió la mano en el bolsillo y le mostró algo.

–¿Qué es esto? –Cat, sobresaltada, contempló la foto de un joven de pelo oscuro.

–Se llama Peter y es amigo mío. Le he explicado nuestro problema y está dispuesto a reunirse contigo en el juzgado de paz… después, no tendrás que volver a verlo jamás.

–Nunca deja de sorprenderme lo bajo que eres capaz de caer –Cat sentía una oleada de furia en su interior mientras intentaba, sin éxito, devolverle la foto a su hermano.

–Escucha, esta vez seré sincero contigo. Sé que no debería haber organizado lo de Ryan, pero esto no es más que un medio para conseguir un fin –insistió él–. He hablado con un amigo abogado y podemos firmar un acuerdo prenupcial para asegurar el dinero. Y Peter está encantado con el arreglo. Todo el mundo gana.

–Olvídalo, Michael. ¡No voy a hacerlo! –exclamó ella tajantemente.

–Ese dinero no debería pertenecerte –Michael la miró con frialdad–. Pertenece, por derecho propio, a papá. Y lo sabes.

–Yo no tengo la culpa de los términos del testamento –Cat lo miró fijamente–. ¿A papá le parece bien? ¿De verdad quiere que me case con un completo extraño?

–Cree que es una idea estupenda.

Cat sintió una punzada de dolor. Apresuradamente, se dio la vuelta y, antes de que su hermano pudiera impedirlo, entró en su casa y cerró la puerta de un portazo.

–¡Piénsatelo! –la voz de Michael quedó camuflada por la puerta cerrada.

Ella cerró los ojos. No le sorprendía lo poco que le

importaba a su padre. Hacía tiempo que estaban distanciados. Pero, aun así, dolía, porque se trataba de su padre y porque antes de la muerte de su madre, ella lo idolatraba. Tras recuperar la compostura, arrojó la foto a un lado.

Hacía tiempo que había descubierto que su ídolo tenía los pies de barro. La tristeza no solucionaría nada. Tenía que seguir con su vida. Y eso significaba concentrarse en el trabajo.

Nicholas llegó a casa de Cat poco después de las seis. Se sentía satisfecho por el modo en que se desarrollaban los acontecimientos, como cuando cerraba un buen trato. El aroma de la venganza empezaba a embriagarlo dulcemente.

Bajó de la limusina y se dirigió al viejo edificio victoriano. Cat vivía en un buen barrio, pero Nicholas sabía que estaba a años luz del entorno en el que se había criado.

Se preguntó, una vez más, qué pensaría hacer con la herencia. Era una mujer hermosa y no le hubiera costado mucho esfuerzo conseguir marido, pero, según sus fuentes, ni siquiera tenía novio. Al parecer, el año anterior había habido alguien en su vida, pero no había funcionado, y en esos momentos se limitaba a alguna que otra cita casual.

A lo mejor sentía recelo ante el matrimonio, porque su pareja podría largarse con un buen pellizco de la herencia. A lo mejor había decidido dejar pasar el tiempo. De todos modos, el dinero sería suyo en nueve años, con o sin boda. Claro que a su padre y su hermano no les gustaría la espera. Ellos sin duda tenían planes para ese dinero.

Dado que Cat había compartido esos planes en el pasado, y a lo mejor aún lo hacía, podría estar organizando una boda que incluyera un acuerdo por el cual el marido no tuviera acceso al dinero. La idea le provocó una sensación de repulsión.

Fuera cual fuera el plan, se iban a llevar una desagradable sorpresa. Nicholas sonrió mientas salía del ascensor y llamaba a la puerta.

La puerta se abrió. Cat llevaba un sencillo vestido negro que resaltaba su esbelta figura. Estaba tan sexy que él casi olvidó por qué había ido allí.

–Hola, casi estoy –ella se echó a un lado–. Pasa.

Nicholas apartó la mirada de Cat para centrar su atención en la casa. El apartamento no era lo que esperaba. Había supuesto que, al ser un viejo edificio victoriano, las estancias serían enormes, pero ese lugar era muy pequeño. Sin embargo, estaba decorado con estilo y resultaba acogedor.

–Siento hacerte esperar –dijo ella con frialdad.

Él la miró fijamente. Estaba sentada sobre el brazo del sofá calzándose unos zapatos de tacón.

Tenía unas bonitas piernas, largas y torneadas. En realidad toda ella era muy atractiva. Los ojos de Nicholas se deslizaron por las medias de seda y el vestido que llegaba hasta la rodilla. Al llegar al cuello, advirtió que no llevaba joyas. El pelo, recogido, resaltaba el cuello de cisne.

–Tuve… –Cat lo miró a los ojos y casi olvidó lo que iba a decir. Había algo primitivo en el modo en que él la miraba, como si la tocara, la poseyera, con la mirada. Ella sintió el calor que la inundaba. ¡Lo odiaba!–. Tuve problemas para salir antes de la oficina. Había mucho jaleo.

–También habrá mucho jaleo en la carretera, como todos los viernes –él consultó su reloj–. Habrá un gran atasco camino del aeropuerto –el tono de su voz era profesional, nada que ver con la manera en que la había mirado.

–Tengo que buscar mi pasaporte –ella no lograba comprender la tensión entre ellos–. No tardaré.

Cat suspiró aliviada al entrar en el dormitorio. Aunque el pasaporte estaba sobre la cómoda, tardó un rato en recogerlo. Necesitaba tiempo para recuperar la calma.

Tenía que conseguir dejar de sentir el deseo que la invadía cada vez que miraba a ese hombre. Por un lado, no podía correr el riesgo de fastidiar el contrato de su vida. Por otro, Nicholas Karamanlis llevaba el peligro escrito por todo su cuerpo.

Si bajaba la guardia, él tomaría lo que deseaba y luego se marcharía a ocuparse de sus negocios. Ella no significaría nada para él, y no iba a permitir que ningún hombre la tratara así. Agarró el pasaporte y volvió al salón, pero se paró en seco al ver que Nicholas contemplaba una foto.

–¿Quién es? –preguntó en tono casual.

–Nadie –Cat sintió un vuelco en el estómago cuando Nicholas le dio la vuelta a la foto. En el dorso se leía «Espero verte pronto», junto con un número de teléfono–. Es un amigo de mi hermano –añadió apresuradamente.

–¿Está intentando organizarte una cita?

–¿Qué te hace pensar que no salgo ya con alguien? –la observación la irritó.

–Dado que asististe a la fiesta sin pareja, supuse que no sales con nadie, ¿me equivoco?

A ella le hubiese gustado mentir, pero no podía, y negó con la cabeza.

El sonido del móvil de Nicholas interrumpió la conversación, para alivio de Cat. ¿Cómo se atrevía a interrogarla sobre la fotografía y su vida social? No era asunto suyo.

Mientras hablaba por teléfono, Nicholas puso la foto sobre la mesa, instantes antes de que ella la tomara para guardarla en un cajón.

–Era nuestro piloto –dijo Nicholas mientras la observaba con los ojos entornados–. El despegue está previsto en menos de una hora.

–Yo ya estoy preparada –dijo ella mientras cerraba el cajón con un golpe de cadera.

–¿Está ese cajón lleno de posibles novios?

–Ya sabes cómo son los hermanos. Sólo quieren lo mejor para sus hermanas –dijo ella con ligereza, aunque la mentira dolía. Hubiera dado cualquier cosa porque fuera cierto.

Nicholas la observó recoger el maletín y el bolso. Era evidente que sus sospechas eran ciertas y que, una vez más, ella se ponía de parte de las turbias intenciones de su familia. Papá seguramente había encontrado a un pobre tipo que, por una miseria, habría accedido a la unión.

Aun así, había algo en su porte orgulloso y en el brillo de los ojos verdes, que le provocó otra emoción: determinación. Por muy lejos que pretendieran llegar Carter o Michael McKenzie, él iría más lejos. Sería él quien se apoderaría de Cat y su herencia.

La limusina esperaba junto a la acera, y el chófer saltó del coche para abrirles la puerta.

De no haber sido por la situación, Cat habría disfrutado del paseo, pero era demasiado consciente de la presencia de Nicholas, de su colonia, del ligero roce del brazo contra el suyo, incluso del silencio cargado de tensión.

Ella procuró no mirarlo y pensó en algo que decir.

–¿Has reflexionado lo que discutimos esta tarde?

–Todo a su debido tiempo, Cat –dijo él mientras la miraba.

–No olvides tu promesa de darme una contestación esta noche –no quería que le diera largas. A los hombres se les daba bien, pero ella no lo iba a permitir.

–No me he olvidado de nada –le aseguró Nicholas–, pero hasta que estemos en el hotel, no hay mucho más que discutir... de trabajo –sus miradas se fundieron–. Sugiero que nos relajemos. El vuelo durará dos horas y podríamos aprovecharlas para conocernos un poco mejor, ¿qué dices?

Las palabras de Nicholas y el modo en que la miraba eran muy provocativas.

–En realidad hay muchas cosas que no tratamos esta tarde –ella intentó hacer caso omiso a sus sentimientos–. Podríamos repasar algunas ideas para los siguientes anuncios.

–No tan deprisa –objetó él con voz suave.

Ella estaba furiosa por su actitud, pero no se le ocurría ninguna respuesta. Permaneció en silencio mientras sus miradas se cruzaban. De inmediato, se puso a mirar por la ventana. Ya habían llegado a la pista de despegue y frente a ellos había un avión privado.

«Aún no es demasiado tarde para echarse atrás», decía una vocecilla en su cabeza. Pero ¿con qué cara iba a aparecer en la oficina el lunes por la mañana? Estaba siendo ridícula.

Se pararon a unos metros del avión y se bajaron del coche. El ruido era ensordecedor.

–Buenas noches, señor Karamanlis –gritó el hombre que les recibió–. Todo está listo, señor, tal y como dispuso.

¿Qué había dispuesto Nicholas? Cat sentía curiosidad, pero no había tiempo para más conversaciones. Nicholas le cedió el paso para que subiera la escalerilla delante de él.

Al entrar en el avión, ella se quedó maravillada. Había una mesa alrededor de la cual estaban dispuestos unos sillones de cuero. A un lado había un despacho y, al otro lado de una puerta, se veía una cama de matrimonio.

¿Se referiría Nicholas a eso cuando dijo que podrían aprovechar el vuelo para conocerse mejor? Seguramente que a él no le importaría divertirse un poco con ella, pero ¿estaba ella dispuesta a ser utilizada como el juguete de un millonario durante un par de horas de fugaz placer? Se trataba de un importante viaje de negocios. Quería que la tomara en serio y no como un pasatiempo sexual.

En cuanto Nicholas subió al avión, las puertas se cerraron con un golpe seco casi acompasado con el golpeteo del corazón de Cat.

–¿Va todo bien? –él sonrió.

–Sí, gracias –ella colocó el maletín en el compartimento sobre los asientos y eligió un sillón de espaldas al dormitorio. No quería tenerlo presente durante todo el viaje.

Nicholas se quitó la chaqueta y la guardó en otro compartimento. La camisa blanca estaba desabrochada en el cuello, y ella pudo apreciar la musculosa envergadura de sus hombros, las flexibles caderas, y la firme silueta de los glúteos. De inmediato, desvió la mirada.

Él se sentó en el sillón frente a ella y, segundos después, el motor del aparato empezó a rugir mientras se iluminaba la señal del cinturón de seguridad.

–Al piloto no le gusta perder el tiempo –observó ella mientras intentaba ocultar su creciente aprensión.

–Tenemos permiso de la torre de control para despegar, y si no lo hacemos de inmediato, podrían hacernos esperar una hora más.

Cat miró por la ventanilla mientras el avión se dirigía a la pista de despegue y se paraba.

–¿Te gusta volar? –preguntó él despreocupadamente.

–No me disgusta –lo que ella sentía por dentro no tenía nada que ver con volar sino con él–. Te permite llegar en poco tiempo… un medio para conseguir un fin, ¿no es así?

–Desde luego –él sonrió.

¿Se lo imaginaba Cat, o la respuesta escondía otro significado?

El ruido del motor se incrementó de repente y el avión se deslizó por la pista a tal velocidad que Cat pensó que se había dejado el estómago atrás. Londres parecía una ciudad de juguete, cada vez más pequeña a medida que el avión ascendía. Instantes después, se apagó la luz del cinturón de seguridad.

–¿Te apetece tomar algo? –Nicholas se desabrochó el cinturón y se puso en pie.

–Sólo agua, por favor –contestó ella alegremente–. Quiero tener la mente despejada.

Él sonrió ante el comentario.

–¿He dicho algo divertido?

–No. Me preguntaba si alguna vez hacías algo que no fuera mantener la mente despejada y pensar en el trabajo.

–¡Eso tiene gracia, viniendo de ti! –ella no pudo reprimir la respuesta.

–¿A qué te refieres?

–Pues a que parece que jamás pienses en otra cosa que no sea ganar dinero. ¿Cómo si no has conseguido todo esto? –ella extendió las manos hacia el lujoso avión.

–Cuando hace falta me concentro y trabajo mucho, pero también me gusta jugar fuerte.

–Seguro que sí –espetó Cat–. Magnate financiero de día y playboy de noche.

–¿Así es como me ves? – Nicholas se echó a reír.

–La manera en que vivas tu vida no es asunto mío –ella se encogió de hombros y desvió la mirada con una sensación de incomodidad. ¿Por qué le había dicho lo del magnate?

–En efecto, no lo es –asintió él–, pero tú también has vivido lo tuyo. Lo noté cuando nos conocimos –él se sentó nuevamente frente a ella.

–Y exactamente, ¿qué notaste?

–Supongo que podría llamarse un profundo recelo –él bebió un sorbo y observó el rubor que teñía las mejillas de Cat.

–No sé a qué te refieres –dijo ella secamente.

–¿No? –él tenía un brillo burlón en la mirada–. Entonces, me habré equivocado.

–Bueno, obviamente eres un playboy –a ella le molestaba que él se divirtiera–. Tienes, ¿cuántos? ¿Treinta, y aún soltero?

–Treinta y tres y divorciado –interrumpió él con amargura.

Ella se quedó estupefacta. No se le había ocurrido que estuviera divorciado.

–Como ves, no me conoces en absoluto. Y antes de que hagas ninguna suposición, fue mi mujer quien… ¿cómo decirlo? Me ponía los cuernos.

Ella frunció el ceño. Él tenía razón, había dado muchas cosas por hecho sobre él.

–La noche que nos conocimos, me acusaste de querer engañar a mi pareja –le recordó él con una sonrisa–. Diste por hecho que sería un comportamiento habitual en mí.

–Ya me disculpé por lo que dije –ella se sentía inquieta.

–¿Quieres saber lo que pienso? –él la miró con atrevimiento–. Creo que te sientes tan atraída por mí que tienes que recordarte continuamente esas cosas para luchar contra tus sentimientos.

–¿Y sabes lo que pienso yo? –el que se hubiera acercado tanto a la verdad le resultaba muy desconcertante–. Pienso que eres uno de los hombres más arrogantes que he conocido.

–Ya estás otra vez. Tu sistema de defensa es mejor que el muro de contención del Támesis.

–Pero tu ego es aún mayor.

–¿Sabes qué? –él rió mientras se reclinaba en el asiento–. Me encantan nuestras pequeñas sesiones de boxeo. Son una forma divertida de juegos previos… ¿no crees?

–No, no lo creo –ella lo miró furiosa.

–Si el momento de la verdad es igual de ardiente, creo que necesitaremos sábanas ignífugas.

–¿Por qué no te limitas a beberte el whisky para que nos pongamos a trabajar? –dijo ella.

–En realidad –él sonrió–, estoy bebiendo té helado. Y nunca me habían hecho una proposición tan directa.

–Sabes muy bien a qué me refiero.

Él rió. Era extraño, pero le encantaba discutir con ella. Las mujeres solían mostrarse ansiosas por someterse a sus caprichos y necesidades, pero los ojos de Cat echaban chispas. Era como una gata salvaje que necesitara ser domada. Sin embargo, no debía olvidar que, por guapa que fuera, era una gatita que escondía unas garras extremadamente traicioneras.

–¿Por qué no olvidamos esta conversación sin sentido y echamos un vistazo a los diseños que he elaborado para la campaña? –continuó ella. Los ojos verdes aguantaron la negra mirada.

Nicholas ansiaba anular la voluntad de Cat, hasta que ronroneara, sumisa a todos sus deseos.

–Adelante, saca tu carpeta –él sonrió y fingió ceder, aunque no tenía intención de discutir sobre negocios. Eso podía esperar.

Nicholas la observó desabrocharse el cinturón y levantarse. El deseo aumentó mientras dejaba que ella luchara con el cierre unos minutos antes de acudir en su auxilio. Ella jamás podría abrir el compartimento, porque él lo había cerrado por control remoto justo antes del despegue.

–¿Necesitas ayuda? –preguntó él.

–Sí, parece que se ha atascado –dijo ella mientras se echaba hacia un lado y no se daba cuenta de que él pulsaba el botón del control remoto que había en el brazo de su sillón.

Cat observó con frustración cómo Nicholas abría el compartimento con suma facilidad y sacaba el maletín dejándolo sobre la mesa, pero sin volver de inmediato a su asiento.

–Gracias.

–De nada –dijo él mientras colocaba algunos ficheros–. Ordenaré esto un poco.

Ella no podía volver a su asiento sin acercarse peligrosamente a él, por lo que se quedó de pie.

–Menuda oficina tienes aquí –observó ella mientras intentaba olvidar esos músculos flexionados bajo la tela de la camisa.

–Sí. Resulta muy útil cuando estoy en viaje de negocios. Así puedo sacar el mayor partido de mi tiempo –él sonrió al darse cuenta de que Cat miraba hacia la puerta que daba al dormitorio–. Y me gustan las comodidades.

–Ya lo he notado… –ella se calló bruscamente al perder el equilibrio cuando el avión atravesó una zona de turbulencias.

–¿Estás bien? –él le agarró el brazo justo antes de que sufrieran otra sacudida y ella saliera despedida, estrellándose contra el torso de él. Él la rodeó con un brazo para sujetarla.

La conmoción ante el contacto fue inmensa. Ella se sentía desorientada, como si estuviera bajo los efectos de alguna droga. Durante el segundo que estuvieron abrazados, fue dolorosamente consciente de que allí era donde quería estar. Allí, la soledad quedaba relegada a

los confines de su corazón, espantada por el fuerte y só-
lido cuerpo presionado contra el suyo.

–¿Cat?

Ella fue vagamente consciente de que el avión había
dejado de dar sacudidas y de que él esperaba una respuesta. Con gran esfuerzo, levantó la cabeza y lo miró.
Algo sucedió cuando sus miradas se fundieron, algo
que provocó intensas oleadas de calor en su cuerpo.

–Lo siento… perdí el equilibrio.

–No hace falta que te disculpes –dijo él con una sonrisa.

Las señales de peligro eran cada vez más claras y
ella intentó apartarse de él, pero sus piernas decidieron
no cooperar.

Él recorrió con su mirada la sensual curva de sus labios, y el corazón de Cat dio un vuelco.

–¿Y… qué vamos a hacer? –preguntó él con dulzura.

–¿Hacer con qué? –susurró ella con voz ronca.

–Con esto… –él alargó una mano y le acarició el
cuello. La caricia hizo aumentar el ardiente deseo sexual que crecía dentro de ella.

–No sé a qué te refieres –ella tragó con dificultad,
aterrorizada por lo que sentía.

–Creo que sí lo sabes –él rió de una manera pausada
y sensual.

El brillo en los negros ojos hizo que el pulso de ella se
acelerara. Nicholas se agachó y el temor dio paso a una
salvaje excitación. De repente dejó de importarle jugar con
fuego. Sólo importaba que él estuviera a punto de besarla.

Cuando sus labios se fundieron todo empezó a girar,
sin que las turbulencias del vuelo tuvieran nada que ver.
Las nuevas turbulencias estaban en su corazón y sus
sentidos.

Cat estaba tan mareada que tuvo que apoyar sus manos sobre los hombros de él y, al hacerlo, la intensidad
del beso aumentó.

Ella le devolvió el beso con la misma pasión y con un ansia que ni siquiera sabía que sentía.

En ese momento, Cat lo deseaba con toda su alma. Era como si alguien hubiese abierto la puerta que guardaba su deseo. Una puerta tan secreta que ni siquiera ella había sabido de su existencia.

–Eso ha sido todo un beso –Nicholas interrumpió el beso y la dejó temblorosa y aturdida.

–¿En serio? –ella intentaba aparentar indiferencia, pero, para su desesperación, su voz temblaba, y eso la puso furiosa–. Yo… no he sentido nada especial.

–Entre nosotros hay una ardiente química sexual, Catherine. Los dos lo sabemos desde la primera vez que nuestras miradas se cruzaron.

Incluso la manera en que él pronunciaba su nombre resultaba peligrosamente provocativa. Ella negó con la cabeza, pero tenía las manos de él alrededor de su cintura y la atraía hacia sí.

–Es algo inevitable –murmuró él–, porque lo cierto es que me deseas tanto como yo a ti.

–No ha sido más que un beso, un irreflexivo y salvaje impulso –dijo ella, desesperada por justificar su reacción.

–Ha sido más que eso –mientras él hablaba, sus manos acariciaban la suave curvatura de los pechos de Cat. Encontró los pezones a través de la tela del vestido y los acarició con los pulgares. Fue una demostración del poder que tenía sobre ella porque, para su vergüenza, sintió cómo se endurecían aún más ante la caricia.

Cat cerró los ojos e intentó desesperadamente luchar contra la sensación erótica que la inundaba, pero su cuerpo pedía más. Lo deseaba tanto, deseaba tanto que le arrancara el vestido y la ropa interior y que calmara esa insoportable y dolorosa necesidad…

–Me deseas, Catherine.

La arrogancia de las palabras deberían haber hecho que ella se zafara de su abrazo, pero no podía. Estaba tan excitada por cómo la tocaba que se sentía incapaz de luchar contra él.

Capítulo 6

LOS LABIOS de él se deslizaron por el cuello de Cat, provocando un incendio a su paso, antes de volver a cubrir su boca. Al mismo tiempo, las manos se movían posesivamente por todo el cuerpo y le levantaban el vestido. No le costó ningún esfuerzo encontrar la liga de las medias, ni las bragas de seda, un poco más arriba. Cat se encontró contra la pared, con los brazos alrededor de los hombros de él y las manos hundidas en los negros cabellos.

–Dime que me deseas –exigió él mientras le arrancaba las bragas.

Ella se sentía conmocionada ante el contacto de Nicholas que le hacía perder la cabeza y la obligaba, instintivamente, a frotarse contra él.

–Dímelo –exigió él de nuevo.

–Sabes que te deseo –ella susurró incoherentemente las palabras y vio una sonrisa de sensual satisfacción en los labios de él.

Nicholas continuó acariciándola con una mano, mientras que con la otra le desabrochaba el vestido y, con gran pericia, lo hacía caer hasta el suelo para revelar la seda negra del sujetador y la cremosa piel de los pechos.

–Eres muy hermosa, Catherine... provocativamente embrujadora y dispuesta para mí, ¿no es así? –sin darse cuenta, empezó a hablarle en griego. Apenas era capaz de mantener el control. Sólo pensaba en hundirse en su cálido interior, hacerla suya contra esa pared y contemplarla temblar y convulsionarse contra él. Sólo con pensarlo estuvo a punto de volverse loco, pero se obligó a controlarse... obligó a su mente a pensar en la venganza que buscaba.

Ella lo deseaba. Él sentía la necesidad en su boca, mientras con la lengua acariciaba la de ella. Con una mano, desabrochó el sujetador y deslizó la boca hasta el rosado y erecto pezón.

Tenía un cuerpo maravilloso, lleno de seductoras curvas. Él deslizó la lengua por su cuerpo y sintió los pezones erguirse en respuesta.

Ella arqueó la espalda ante el éxtasis y emitió un profundo suspiro mientras él introducía un pezón en su cálida boca y lo chupaba suavemente antes de pasar al otro.

—Nicholas... por favor... por favor —Cat no sabía lo que decía. El deseo la volvía loca.

—¿Por favor, qué? —bromeó él mientras una mano se deslizaba hasta su trasero y la empujaba contra él—. ¿Era esto lo que querías?

Ella sentía la erección que presionaba, grande y frustrantemente fuera de alcance, contra el traje.

—Sí... —al responder, ella sintió que el corazón le fallaba—. Sí, Nicholas, te deseo... ahora —Cat cerró los ojos y se rindió a su propia debilidad. A lo mejor si saciaba su deseo lograría olvidarse de ello y él no volvería a ejercer ningún poder sobre sus sentidos. Deseaba volver a recuperar el control, casi tanto como lo deseaba a él.

Al ver que él no respondía a sus palabras y que se limitaba a sujetarla contra la pared, Cat abrió los ojos y se encontró con los de él.

Los ojos verdes eran hermosamente hechizantes. Y ella estaba dispuesta para que él la tomara. Él jugueteó con el triangulo velloso entre las piernas y sintió la humedad mientras se deleitaba en el suave murmullo que escapó de su garganta.

–¿Nicholas…? Por favor…

La súplica se clavó en la mente de él. Estaba completamente a su merced. Haría cualquier cosa por él. Él deseaba hacerla suya, hundirse en su feminidad. Sin embargo, era consciente de que, una vez saciada, perdería momentáneamente su poder sobre ella.

Nicholas le besó el cuello y se obligó a centrarse. No se trataba sólo de sexo, recordó. Para que sus planes de venganza tuvieran éxito, necesitaba atraerla aún más, y para mantener el control sobre ella, necesitaba dejarla con hambre. La decisión correcta sería la de echarse atrás. Facilitaría sus planes para el resto de la velada, y para anular su mecanismo de defensa.

–Puede que éste no sea el mejor momento –él necesitó toda su fuerza de voluntad para retirarse y hablar con frialdad.

–¿A qué te refieres? –la voz de ella temblaba y la incomprensión se reflejaba en su mirada.

–Me refiero a que tomaremos tierra en media hora –él contempló los deliciosos pechos, aún inflamados por los besos, y la erección de él palpitó ansiosamente–. Un rápido alivio no va a apagar este fuego –¿por qué no la tomaba y aliviaba su deseo en ese instante?

Ella lo miró con el dolor reflejado en sus ojos.

–Eso ha sido una grosería –él alzó las manos–. Lo siento.

–Pues yo no lo siento –ella se cubrió apresuradamente el cuerpo con manos temblorosas–. Y me alegro que lo hayas dejado claro, me ayudará a recuperar el sentido común. No sé en qué estaría pensando.

–Catherine… –por algún motivo, él se sintió desconcertado y se apresuró a tomar sus manos.

Había una expresión rebelde en la mirada de ella, pero tras ese destello de furia había algo más, una crudeza que lo había pillado de improviso.

Cat desvió la mirada, temerosa de que él pudiera ver

lo herida que se sentía. Era el primer hombre al que había deseado entregarse, y la había rechazado. Pero no sólo dolía el rechazo, era el modo en que le había hablado, como si no valiese nada. Y aun así, sus caricias habían sido tiernamente provocativas, y sus besos parecían sinceros. ¿Cómo había podido ser tan estúpida como para pensar que él sentía algo por ella?

—Lo que pretendía decir de manera muy torpe era que la pasión que hay entre nosotros es tan intensa que sería casi un sacrilegio no deleitarse detenidamente en ella.

—¡El único sacrilegio sería permitir que volvieras a tocarme! —ella intentaba controlar sus emociones y suprimir el efecto que el tono suave y tentador de su voz tenía sobre sus sentidos.

—He herido tu orgullo —Nicholas sonrió. Ésa era una emoción que entendía bien.

—¡No es verdad! —ella lo miró furiosa—. No me puedo creer que te haya dejado llegar tan lejos. Se supone que debíamos discutir sobre negocios, no disfrutar de un rápido… un rápido... —ella no acertaba con las palabras—. Bueno, ya sabes.

—Sí —él sonrió—. Ya sé a qué te refieres, y hablaremos de trabajo durante la cena, antes de llevarte a la cama.

—¡No lo harás!

—Es que es inevitable, Catherine —él rió mientras le colocaba el vestido y le acariciaba distraídamente los pechos, provocando una reacción inmediata por parte de ella—. ¿Lo ves? Pasaremos la noche en el hotel —dijo fríamente. No era una proposición, sino una exigencia.

Antes de que ella pudiera contestar, él se inclinó y la besó de forma tan lenta, sensual y ardiente que el cuerpo de Cat se incendió de deseo. Ella aún lo deseaba… lo deseaba aún más.

Cat se sentía incapaz de mirarlo a la cara. Jamás había tenido problemas para reprimirse y de repente, cuando más lo necesitaba, parecía incapaz de conseguirlo.

–Estamos a punto de aterrizar. Deberíamos volver a los asientos –dijo Nicholas con calma. Observó a Cat estirarse el vestido y recoger las bragas de seda que estaban en el suelo.

Estaban rotas y, para su vergüenza, tuvo que renunciar a ponérselas.

–De todos modos no te harán falta –dijo él mientras se las quitaba de las manos y las arrojaba a la papelera–. No quiero que lleves ropa interior esta noche. Quiero estar seguro de poder tocarte cuando me apetezca.

–Eres el hombre más arrogante y… –ella buscó desesperadamente un adjetivo– egoísta que he conocido jamás.

–Pero aún me deseas –él rió, y el brillo de autosuficiencia en su mirada hizo que ella se mordiera el labio inferior hasta hacerlo sangrar.

–¡No, no te deseo! Y no quiero que vuelvas a tocarme nunca más.

Él le rozó ligeramente la mejilla, y eso bastó para poner en evidencia su mentira. Él tenía razón, ella aún lo deseaba. Cat se dirigió a su asiento, consciente de que Nicholas guardaba el maletín en el compartimento.

Una limusina les esperaba en el aeropuerto. Cat se sentó todo lo apartada de Nicholas como pudo. Mientras contemplaba el paisaje, intentaba recuperar la calma. Lo único que importaba era conseguir el contrato para Goldstein, se dijo furiosa. No permitiría que nada se interpusiese en su camino. Lo que había sucedido, o estado a punto de suceder, no significaba nada.

Ella se mordió el labio e intentó no pensar en cómo se había sentido en sus brazos, ni cómo le había suplicado que le hiciera el amor. Lo que más le preocupaba era esa extraña sensación de corrección cuando estaba en sus brazos, y el dolor que sintió cuando él se echó atrás. Cat siempre había jurado que un hombre no la utilizaría del mismo modo en que su padre había utilizado a su madre.

Siendo adolescente, ella le había preguntado a su padre por su relación con Julia. Le había preguntado claramente si su madre había estado al corriente.

–Por supuesto que lo sabía –él se había encogido de hombros–. Ella lo aguantaba porque quería, porque me deseaba.

Las palabras se le habían quedado grabadas en la mente. La situación de su madre era una lección de lo importante que era mantener el control y nunca bajar la guardia.

–¿Cat? –la voz de Nicholas la sacó de su ensimismamiento, y ella se dio cuenta de que habían llegado a un embarcadero–. A partir de aquí tenemos que ir en barco.

–Muy bien –ella recogió el maletín y salió del coche.

Nicholas la observó precederlo hacia un pequeño embarcadero de madera. Parecía controlar la situación, y él sabía que hacía un gran esfuerzo por levantar la guardia y alejarse de él. Tuvo que admitir que estaba impresionado por la rapidez con que se había recuperado. Él todavía necesitaba una ducha fría.

Nicholas no recordaba la última vez que había deseado tan desesperadamente a una mujer, y le sorprendía sentir tanta atracción por una astuta y estafadora McKenzie.

Esperaron en silencio sobre el pontón. La noche era despejada y la luna llena se reflejaba sobre el agua. También iluminaba a Cat, como un foco plateado, haciendo resaltar sus sensuales curvas, convirtiendo sus cabellos en oro, y su piel, en porcelana. Como si sintiera su mirada, ella lo miró con ojos brillantes que parecían demasiado grandes e intensos para su delicado rostro. Él percibió la ira en su mirada, pero también una emoción que lo desconcertó. No parecía una persona astuta y estafadora. Parecía pura, como una niña temerosa de confiar, temerosa de sus emociones.

Pero, con un aleteo de sus largas pestañas, esa mirada desapareció. Él se dijo que seguramente no había sido más que el efecto de la luz, pero el sentimiento protector que esa mirada había despertado en él no desaparecía, lo que le hizo sentirse furioso consigo mismo. No podía permitirse el lujo de ser engañado por su belleza y por el hecho de que ella lo deseaba. Su aspecto externo y su verdadera personalidad eran dos cosas completamente distintas.

Ella levantaba la guardia para ejercer un férreo control sobre sus emociones, y Nicholas no acababa de comprender el motivo. A lo mejor no era más que una necesidad vital de centrarse en los negocios. A lo mejor era la determinación de ser tan dura y despiadada como el resto de su familia. Sí, seguramente era eso.

Nicholas había aprendido un par de cosas sobre las mujeres desde su divorcio. Había aprendido que podían ser embaucadoras por naturaleza. Te atrapaban con su dulce sonrisa y la delicada feminidad que escondía una fuerte mente calculadora.

Él recordó la mirada de Cat mientras arrojaba la foto de su pretendiente al cajón. Había sido una mirada de determinación. Su primera impresión había sido la correcta. Catherine McKenzie no necesitaba la protección de nadie.

–Aquí viene nuestro taxi acuático –dijo él mientras el lejano sonido de un motor rompía el silencio.

Para ser la puerta de entrada a una gran ciudad, el lugar estaba casi desierto y el único sonido que se oía era el del taxi que se acercaba y luego, tras apagar el motor, el del agua contra la plataforma.

Cat se sentía como si hubiese llegado a algo más que

a una puerta de entrada a una ciudad, se sentía como si hubiese llegado a un umbral que, una vez franqueado, no le permitiría volver atrás. Enseguida se dijo que era su imaginación. Se conduciría de manera profesional, conseguiría que Nicholas aceptara la campaña de publicidad y luego insistiría en que la llevara de vuelta al aeropuerto y a su casa. A pesar de su resolución, ella sentía galopar dolorosamente el corazón en el pecho.

Nicholas saltó a cubierta y tendió una mano para ayudarla a subir. Ella lo ignoró y saltó sin ayuda. El barco se meció ligeramente, pero ella consiguió conservar el equilibrio, y su dignidad, y se dirigió a la parte trasera donde se sentó. Instantes después, él se sentó a su lado. Estaba demasiado cerca, y ella sentía el calor de los muslos contra el cuerpo, y percibía el provocativo aroma de su colonia. Quería alejarse, pero no había adónde ir.

El motor se puso en marcha y la barca se adentró en las oscuras y tranquilas aguas antes de girar y saltar velozmente sobre las olas. El aire era cálido y húmedo. El barco giró, y ante ellos aparecieron las luces de la ciudad. Las cúpulas de las catedrales e iglesias, los puentes y las oscuras siluetas de las góndolas parecían el decorado de una película. Era tan bello que ella suspiró.

–¿Es la primera vez que vienes a Venecia? –la voz de Nicholas, tan cerca, hizo que ella temblara.

Ella asintió, consciente de que si giraba su rostro sus labios establecerían contacto. De inmediato el deseo volvió a inundarla.

–Mañana, si es que conseguimos salir de la cama, te llevaré a ver la ciudad.

–Mañana estaré de vuelta en Londres –dijo ella con determinación.

Él rió, pero no dijo nada. De momento la dejaría levantar la guardia. Durante un par de horas se concentrarían en la campaña de publicidad. El trabajo era importante y las ideas de ella eran merecedoras de atención, pero una vez terminado el trabajo, volverían adónde él quería tenerla. Después de lo sucedido minutos antes, él estaba seguro que de no le iba a costar mucho conseguirlo. Una vez de vuelta en sus brazos, ella se daría cuenta de lo inútil que era fingir y se entregaría a él para su uso y disfrute, una y otra vez.

Después de eso no le quedarían más defensas que levantar, y el camino quedaría despejado para su finalidad última: la venganza.

Capítulo 7

EL HOTEL Karamanlis era un magnífico palacio restaurado, diseñado a finales del siglo XIV para satisfacer las necesidades de la viajera nobleza europea. El impresionante exterior estaba iluminado por luces doradas que se reflejaban suavemente sobre una pequeña terraza junto a las jardineras ornamentales y los tejos, y sobre las aguas del canal.

El taxi acuático les dejó en el embarcadero privado que conducía a la entrada principal. En esa ocasión, Cat tuvo que permitir que Nicholas la ayudara a bajarse del barco que se bamboleaba peligrosamente bajo sus pies.

–¿Estás bien? –preguntó él solícito mientras la sujetaba.

–Sí, gracias –ella se soltó y dirigió su mirada hacia el hotel.

La pesada puerta de entrada estaba abierta, y Cat quedó completamente maravillada ante la majestuosidad del entorno. Unos enormes candelabros de cristal de Murano iluminaban el vestíbulo medieval, las alfombras persas y los suelos de mármol. A un lado estaba la recepción de madera de palisandro y, al otro, una imponente escalinata.

Era una muestra de decoración lujosa sin perder la autenticidad y el carácter del lugar. Cat estaba completamente encantada.

–Pensaba que tu hotel de Londres era magnífico, pero éste es realmente especial –susurró ella.

–Sí, tengo que admitir que es mi preferido –sonrió Nicholas–. Posee un carácter único.

Antes de que Cat pudiera contestar, el gerente del hotel salió a su encuentro.

–Nicholas, qué alegría verte de nuevo por aquí –dijo mientras se estrechaban la mano.

–Lo mismo digo, Antonio –Nicholas sonrió mientras le presentaba a Cat.

–Señorita McKenzie, es un placer conocerla –Antonio Belgravi era un italiano alto y atractivo cercano a la cuarentena. Sus oscuros y sensuales ojos brillaban de curiosidad y, para sorpresa de Cat, él le tomó la mano y se la besó.

–Por favor, llámame Cat, como todo el mundo –ella intentaba mostrar indiferencia, pero el gesto del gerente la había turbado.

–¿Seguimos? –Nicholas sintió una punzada de impaciencia ante el ligero rubor de Cat–. Tenemos mucho trabajo que discutir antes de cenar. Antonio, ¿te ocuparás de lo necesario?

–Por supuesto –el gerente sonrió a Cat–. Por favor, acompañadme a mi despacho.

Cat siguió a los dos hombres y apreció que, si bien Antonio era muy alto, Nicholas lo superaba en varios centímetros, y en envergadura. Le gustaba el cuerpo de Nicholas, y le gustaba estar en sus brazos. Al darse cuenta de la deriva de sus pensamientos, frunció el ceño y desvió la mirada. Salieron del vestíbulo y se adentraron en una zona de tiendas de joyas y ropa de diseño. Ella echó una ojeada a los escaparates, pero no pudo detenerse ya que los dos hombres le franqueaban la entrada al despacho. Durante la hora que siguió, no hubo tiempo para pensar en otra cosa que no fuera la campaña publicitaria.

Minutos después se dirigieron al salón de baile. Nicholas quedó impresionado por las cualidades profesionales de Cat. La observó, en el centro del salón, mientras contemplaba el decorado barroco sin disimular su entusiasmo.

–Esto es maravilloso –suspiró ella–. Será perfecto para lo que habíamos hablado. Casi se puede palpar la historia aquí dentro –dijo ella–. ¿Aún se celebran bailes de máscaras aquí? –preguntó a Antonio.

–Desde luego. Durante los carnavales, justo antes de la cuaresma, celebramos varios bailes de máscaras. Deberías asistir a uno. Los disfraces históricos son magníficos y tú, si me lo permites, estarías arrebatadora en uno de ellos, ¿verdad, Nicholas?

–Gracias, Antonio –dijo Cat tras percibir un brillo sardónico en los ojos de Nicholas, que le hizo sonrojarse–. Estaba pensando que podríamos grabar a algunas personas disfrazadas en puntos estratégicos del hotel –ella desearía que Nicholas no la mirara tan intensamente, porque le recordaba que no llevaba ropa interior–, para… eh… para enlazar con lo que hemos discutido en el despacho. Podríamos echar un vistazo a alguna de esas suites…

–Iremos ahora mismo, Catherine. Creo que ya le hemos robado demasiado tiempo a Antonio –Nicholas avanzó hacia ella–. He pedido que nos preparen mi suite privada. Cenaremos allí y daremos por terminada esta conversación.

Cat sintió un nudo en la garganta. No quería quedarse a solas con Nicholas, pero Antonio ya se marchaba, tras ofrecerles toda su ayuda.

–Hazme saber tu decisión final, Nicholas. Y, mientras tanto, que disfrutéis de la velada.

–Al fin solos –dijo Nicholas burlonamente cuando el gerente se hubo marchado–. Creo que acabas de hacer una conquista.

–No deberías haberle dejado marchar tan deprisa

–ella ignoró el comentario. Antonio seguramente trataba del mismo modo a todas las mujeres.

–¿Eso crees? –los ojos de Nicholas brillaron furiosos un instante–. Pues tendrás que contener tu desilusión, Catherine.

–Quería decir –ella se sonrojó violentamente– que aún tenemos mucho que discutir. Nos hubiera venido bien el punto de vista de Antonio, por ejemplo, para las escenas exteriores…

–Ahora mismo, mi mente está más concentrada en las escenas de interior –observó él.

Ella rezó para que se refiriese a la cena, pero, aunque sólo fuera por el modo en que la miraba, dudaba de que fuera así. Y, para su horror, junto con una ligera aprensión, la llama del deseo sexual ardió salvajemente.

–Bueno –ella no iba a permitir que la convirtiera en una mera conquista, decidió, enfadada consigo misma–, si no quieres discutir más detalles, podríamos concluir el trato ya mismo.

–Vamos arriba, Catherine –dijo Nicholas con una enigmática sonrisa en los labios.

¿Arriba para qué? ¿Para firmar el contrato… practicar el sexo?

Él le cedió el paso. Cat dudó un instante antes de respirar hondo y dirigirse hacia la puerta.

Las puertas del ascensor estaban abiertas y, al entrar, Cat no pudo evitar recordar la noche en que se conocieron. A su mente acudieron retazos de conversación.

«Entre nosotros existe una ardiente química sexual, Catherine. Los dos lo sabemos desde la primera vez que nuestras miradas se cruzaron».

Sus miradas se fundieron y, durante un segundo, ella casi podía oír su voz.

«Es algo inevitable, porque lo cierto es que me deseas tanto como yo a ti».

Ella desvió apresuradamente la mirada mientras se

decía que no era inevitable. Permanecería distante y se concentraría en los negocios.

La puerta del ascensor se abrió, y Nicholas la condujo por un pasillo enmoquetado hasta una puerta, ante la cual se hizo a un lado para dejarla pasar.

La habitación era exquisita, y en completa consonancia con el carácter del hotel, barroco, aunque elegante.

Los candelabros venecianos esparcían su luz sobre los muebles antiguos. En una terraza que dominaba la iluminada ciudad, y a la luz de las velas, había una mesa preparada para dos.

Cat dejó su maletín sobre una de las mesas auxiliares e intentó no mirar hacia la puerta a través de la cual se veía una enorme cama con dosel.

Era el lugar más romántico en el que ella hubiera estado jamás, perfecto para una seducción.

–Me he tomado la libertad de traer conmigo un contrato para que lo firmes –ella no iba a dejarse seducir–. Es para los tres primeros anuncios.

–¿En serio? –Nicholas parecía divertirse.

El que sus intentos por mostrarse profesional lo divirtieran la fastidiaba.

–No seas condescendiente conmigo, Nicholas –dijo ella con calma–. He venido aquí para hablar de negocios contigo. Y me prometiste una respuesta antes de que acabara el día.

–Es verdad, lo hice, y soy hombre de palabra –los negros ojos la miraban fijamente–, pero el día aún no ha acabado.

–¿Por qué juegas conmigo? –preguntó ella con los puños apretados a los lados de su cuerpo.

Él sonrió.

–¿Qué idea tienes, Nicholas? –susurró ella con voz ronca–. ¿Yo me entrego a ti y a cambio consigo el contrato publicitario? ¿Así es como haces tú los negocios?

En cuanto las palabras salieron de su boca, ella lo lamentó, pues provocaron una mirada de ira y rencor en los ojos que la miraban.

–Siento desilusionarte, Cat, pero no, no es así como hago yo los negocios –había un tono de brusquedad en su voz–. Por si lo has olvidado, fui yo quien insistió en acabar primero con el trabajo para poder divertirnos, pero puede que sí sea tu modo de trabajar, ¿no?

–¿Cómo te atreves a sugerir algo así? –dijo ella con furia.

Él tuvo que admitir que le gustaba su tenacidad, y el modo en que levantaba la barbilla para desafiarlo mientras sus ojos lanzaban chispas de orgullo. ¿Sería capaz de utilizar todos sus encantos, incluyendo una considerable belleza, para conseguir lo que deseaba? Seguramente sí. Era una McKenzie. Y era mujer.

–Una sugerencia –dijo él con dulzura–. No te sirvas en el plato lo que no te puedas comer.

–¿Vas a firmar ese contrato? –los ojos de Cat echaban chispas y deseaba darse media vuelta y desaparecer de allí. Respiró hondo para calmarse. Si huía no conseguiría ese contrato.

–No, no voy a hacerlo.

–¿Por qué? –la frialdad en la respuesta de Nicholas fue como un golpe en el estómago. Ella estaba segura de que le gustaban sus ideas. Casi lo había dado por hecho.

–Porque el contrato que has traído es para una serie de tres anuncios diferentes y creo haber dejado bien claro que quería ir paso a paso.

–¡Ah, bueno! –ella se relajó. No había dicho que no le gustara la campaña, sólo que no quería comprometerse a tanto… aún–. También he traído un contrato únicamente para el primero.

–Sabia decisión –él se acercó hasta ella mientras la miraba fijamente a los ojos–. Eres una gran adversaria,

Catherine McKenzie –dijo mientras le acariciaba la mejilla.

«Una gran adversaria», seguramente no hablaba de negocios, sino del hecho de que era la mujer que más se le había resistido. Él la consideraba como una oponente a la que vencer y, a juzgar por el brillo en su mirada, daba por hecho que la batalla estaba ganada.

–Pues te aconsejo que no me subestimes –susurró ella.

–Te aseguro que no tengo la menor intención de hacer algo así.

Algo en la ronquera de su voz, y en la manera de tocarla, conmovió a Cat. Los ojos de él seguían fijos en los suyos, antes de descender hasta los labios. De repente, la mente de ella se vio inundada de pensamientos indeseados. Ella no quería ser su rival… quería estar tan cerca de él como fuera posible. Lo deseaba tanto que dolía.

Apresuradamente, Cat cerró la puerta a la tortura de sus deseos. No iba a perder el control por un deseo sexual. Ningún hombre, y menos uno tan arrogante como Nicholas Karamanlis, iba a ejercer ese poder sobre ella.

–Tenemos que dejar esto listo –dijo ella mientras se separaba de él y rebuscaba en su maletín–. El otro contrato está por aquí –añadió con manos ligeramente temblorosas–. Sí, aquí está. ¿Quieres leerlo antes?

–Por supuesto –él rió.

–Está todo en orden –dijo ella mientras le observaba repasarlo minuciosamente.

Se hizo el silencio, y ella fue consciente de estar conteniendo la respiración. Era su primer gran contrato y, con suerte, el comienzo de una etapa de más tranquilidad, de una floreciente carrera lejos de su familia, de la desaparición de sus deudas y, sobre todo, de su total independencia.

–¿Tienes un bolígrafo? –preguntó él con calma unos minutos más tarde.

Sus miradas se cruzaron, y ella sonrió antes de volver a rebuscar en su bolso.

–Muy bien –dijo él tras firmar el contrato y quedarse con una copia–. El trabajo está terminado.

–Bueno, sólo la primera parte –corrigió ella. Necesitaba el resto de la campaña.

–Me alegro de que me lo recuerdes –dijo él con un brillo burlón en los ojos.

–Y ahora, podemos volver al aeropuerto –dijo ella mientras ignoraba deliberadamente la sugerencia que encerraban las palabras de él.

–Podemos, pero no creo que lo hagamos –dijo él con voz suave–. Tal y como has dicho, sólo hemos terminado la primera parte.

–Nicholas… yo –dijo ella mientras le daba la espalda.

–¿Por qué intentas fingir que lo de esta tarde no sucedió, Catherine? –él se acercó por detrás y la rodeó por la cintura. La sensación fue provocativa y fuertemente posesiva.

La pregunta, susurrada al oído, hizo que el corazón de Cat diera un vuelco.

–Me deseabas –le recordó él–. Es más, me suplicaste.

El recordatorio hizo que ella se sonrojara violentamente.

–¿Sabes lo que pienso? –la lengua de él lamía el sensible cuello de Cat–. Creo que tienes miedo de lo que yo te hago sentir.

–Yo no tengo miedo de nada –mintió ella, porque él había acertado por completo.

–Te gusta mantener el control y, cuando estás conmigo, no puedes –la lengua siguió su suave caricia mientras él le subía la falda con las manos

–¡Nicholas, por favor, no! –ella cerró los ojos mientras luchaba desesperadamente contra el violento deseo que sus caricias despertaban, pero, para su propio disgusto, la frase hacía hincapié en las palabras,«por favor», haciendo que sonara más a invitación que a rechazo.

–Querrás decir: «por favor, no… pares» –dijo él tras captar de inmediato su debilidad.

–Nicholas… –la voz de ella era un suave gruñido de deseo mientras las manos de él ascendían por su desnudo cuerpo antes de zambullirse entre sus piernas con despiadada concentración.

Cuando los dedos de él alcanzaron el sensible núcleo de feminidad, ella abrió los ojos y se encontró con los suyos en el reflejo del espejo veneciano que tenían enfrente.

–Creo que esta tarde lo dejamos más o menos por aquí, ¿no? –dijo él con voz ronca.

Al ver que no respondía, los dedos de Nicholas juguetearon con ella hasta hacerle temblar con un agudo, doloroso y dulce deseo. Él observó en el reflejo del espejo cómo jadeaba y se mordía el labio inferior para reprimir el sonido.

–Me deseas tanto como yo a ti, ¿verdad? –su voz la atormentaba tanto como los dedos que se hundían en su húmeda cavidad–. Ríndete ya, Catherine.

–¡No! –el hecho de que él observara cada una de sus reacciones en el espejo, hizo que ella se sintiera completamente indefensa. Cuando él suavizó sus caricias, como si fuera a retirarse, ella gimió involuntariamente–. Sí… ¡no pares!

–No me ha quedado claro del todo. Dime cuánto me deseas.

El vestido de Cat estaba alrededor de la cintura y, a medida que él la atraía más hacia sí, ella sentía claramente la erección que presionaba contra su trasero.

–De acuerdo, tú ganas –aunque ella no quería pronunciar las palabras, para su desconsuelo, él volvió a suavizar las caricias hasta que todo el cuerpo de Cat gritó de deseo–. Te deseo.

Ella oyó el sonido del vestido al desgarrarse mientras él le desabrochaba el sujetador y contemplaba los pechos erectos e invitadores.

–Eres tan hermosa.

Hubo una momentánea debilidad en el tono brusco, que no pasó desapercibido para ella, porque le produjo una cierta sensación de poder. De acuerdo, él había ganado. Ella se había mentido a sí misma al jurarse que no cedería. Lo cierto era que estaba desesperada y que su rendición era incondicional. Pero ella no era la única que había perdido el control…

En el espejo, vio reflejado el deseo en los negros ojos y sonrió. Movió sensualmente las caderas y se frotó contra él, mientras percibía el sufrimiento que le provocaban los ajustados pantalones.

–Vaya, parece que la voluntad de hierro de Nicholas empieza a flaquear –dijo ella dulcemente, llena de satisfacción al verle entornar los ojos. ¡Le encantaba ese poder! Echó los brazos hacia atrás y lo abrazó por el cuello. El gesto provocó un profundo suspiró en él–. A lo mejor deberías ser tú quien se rindiera.

–Sabía que eras una bruja, Catherine McKenzie –gruñó él.

Cat se giró hasta quedar frente a él y bajó lentamente la cremallera del vestido para quitárselo del todo. Después, se quitó el sujetador y lo arrojó al suelo. No llevaba más que las medias y los zapatos de tacón alto. Durante un rato se quedó quieta, expuesta a sus miradas.

Los ojos de él recorrieron, hambrientos, el cuerpo de Cat. Tenía un cuerpo espectacular, unos pechos firmes y rotundos y una fina cintura que se abría a las femeninas curvas de sus caderas. La mirada de Nicholas se detuvo en el dorado triángulo entre las piernas.

–Te gusta lo que ves, ¿a que sí? –ella alargó lentamente una mano hasta acariciar la erección y bajar la cremallera de los pantalones–. A lo mejor deberías ser tú quien dijera «por favor» –susurró ella, temblorosa ante el tamaño de la erección que hizo que su corazón se acelerara, y antes de arrodillarse para lamer el pene con la punta de la lengua–. Inténtalo: «Por favor, Cat».

Nicholas sintió una punzada de deseo y cerró los ojos para ignorarlo, pero era insistente y violento.

–Estoy esperando oírte decir cuánto me deseas –susurró Cat mientras una misteriosa sonrisa curvaba sus labios y ella frotaba los pechos contra él.

–Tengo una idea mejor –de repente, él se vio dominado por la pasión y respiró hondo para recuperar el control–. Déjame que te lo demuestre.

Antes de que ella pudiera reaccionar, Nicholas la tomó en brazos y la llevó hasta el dormitorio.

De repente, el pánico la invadió y perdió todo el control sobre los acontecimientos.

–Nicholas, yo…

Él no escuchaba. Se desnudada a toda prisa y quitaba la colcha de la cama para tumbarla sobre las sábanas de seda.

–¡Nicholas! –ella lo miró con los ojos muy abiertos y, durante un segundo, la excitación se tornó en miedo. A lo mejor no debería haber bromeado… a lo mejor debería haberle dicho que sería su primera vez… a lo mejor… a lo mejor…

Pero ya era demasiado tarde para hablar. Él la sujetó con una feroz determinación y le separó las piernas con las rodillas.

–Así está mejor –él sonrió mientras las manos se deslizaban por su cuerpo y los pulgares acariciaban los inflamados pezones. Ella estaba atrapada e indefensa–. Y ahora, Catherine, te enseñaré a someterte debidamente a mí… –tras lo cual empezó a hablar en griego mientras frotaba su erección contra la húmeda cavidad entre las piernas de ella. Con las manos le agarró las muñecas y las sujetó contra la cama y, de repente, se inclinó y la besó.

Ella se esperaba un beso exigente y duro, pero fue provocativo y casi tierno. Ella le devolvió el beso con avidez y abrió la boca para recibir su lengua. Él le soltó las manos, que rodearon de inmediato su cuello.

Nicholas le separó más las piernas con las rodillas y, de repente, entró.

Ella gritó involuntariamente ante el dolor que sintió. Cerró lo ojos mientras él empezaba a moverse y su nombre no fue más que un suspiro en sus labios.

–Catherine, ¿estás bien? –él se retiró instintivamente.

Sus miradas se fundieron y, a pesar del dolor, ella estuvo segura de que no quería que él se parara. Quería sentir toda su masculinidad. Lo deseaba más allá de la razón.

–Sí… –ella tembló de placer ante las caricias de él–. Oh, sí, Nicholas… sí.

Él la penetró más profundamente mientras la besaba, ahogando sus suspiros con una brutal pasión. A medida que el dolor se transformaba mágicamente en placer, ella deseó llorar.

Las caderas de Nicholas se movían contra ella, que se retorcía sensualmente bajo su cuerpo. Cat quería que esa sensación y ese deseo duraran eternamente, pero no hacía más que aumentar hasta llegar a la cúspide, como un manantial a punto de desbordarse.

Mientras su cuerpo se retorcía en espasmos de éxtasis, ella gimió el nombre de Nicholas.

Él volvió a acometerla una última vez antes de dejarse ir. Durante un rato se quedaron abrazados, abrumados por las sensaciones.

Él se separó ligeramente para contemplarla.

Cat no quería que dijera nada, ni siquiera quería pensar, sólo quería deleitarse en las postrimerías. Después, alargó una mano y le acarició los cabellos mientras contemplaba el atractivo contorno de su rostro y se detenía en la sensual curvatura de sus labios. Como si le leyera la mente, él la besó. Fue un beso distinto a todos los demás, dulce, y tan apasionado que ella quiso llorar.

Durante unos minutos Nicholas la abrazó amorosamente, mientras le acariciaba la espalda. Se había acostado con muchas mujeres, pero nunca había tenido una experiencia tan increíble. Ella lo había llevado a un estado de delirio. Incluso en esos momentos, fuertemente abrazada a ella, mientras sentía el calor de su cuerpo sensual, era consciente de desearla de nuevo.

Nicholas frunció el ceño. Eso no era lo que había planeado. Se suponía que iba a dejarla con hambre de más, no al revés. Bruscamente, se levantó de la cama para vestirse. Había olvidado utilizar protección. Era la primera vez que le sucedía, a pesar de llevar varios preservativos en el bolsillo del pantalón. ¿Cómo había podido ser tan estúpido?

Ella se estiró perezosamente y el sensual movimiento le dio la respuesta.

–Tienes un cuerpo precioso –murmuró él.

La frialdad del tono hizo que Cat fuera repentinamente consciente de que únicamente llevaba puestas las medias.

Ella le observó mesarse los cabellos y se levantó. Los negros ojos escrutaban su desnudez, y ella se sintió nuevamente arder en deseos. ¡Aún lo deseaba! La vergüenza que sintió fue como un puñetazo. Ella había esperado, tras haberse entregado a él, librarse de ese deseo. Pero su reacción había sido la contraria. Era consciente del placer que podía proporcionarle y era como una droga que necesitara desesperadamente.

–Encontrarás una bata en el cuarto de baño –dijo él

despreocupadamente–. Póntela y reúnete conmigo en la terraza. Llamaré al servicio de habitaciones para que nos sirvan la cena.

¡Ella no quería comer! Es más, dudaba de que fuera capaz de comer. Lo único que quería era huir de allí y esconderse. Desgraciadamente, era de ella misma, y de sus sentimientos, de quien quería esconderse, y eso no resultaba tan fácil.

Cat se alegró de que él no esperara ninguna respuesta. Antes de correr hacia el cuarto de baño, esperó a que él saliera del dormitorio.

Se quitó las medias y se colocó bajo el chorro de agua de la ducha en un intento de lavar los sentimientos que la invadían.

Cat siempre se había enorgullecido de ser fuerte. Aunque humillada por el fraude de la relación con Ryan, había hecho frente a la situación y se había deshecho de él con estoicismo, antes de jurarse a sí misma que no se volvería a enamorar. Era consciente de no parecerse a su padre, pero tampoco se parecía a su madre.

Su madre solía encerrarse a llorar en el dormitorio cuando su padre llamaba para decir que aquella noche no iría a casa.

–Es que le echo de menos –le solía explicar a Cat–. Lo amo muchísimo.

Las noches que él sí volvía a casa, su madre se mostraba pletórica de felicidad, y era capaz de pasarse horas arreglándose.

Cat jamás lo había entendido. ¿Por qué desperdiciaba su vida con un hombre que no la amaba? Eso la ponía furiosa y había ayudado a forjar su ansia de independencia. Por eso siempre había evitado dejarse llevar, física y emocionalmente. Por eso no le había supuesto ningún esfuerzo terminar con Ryan sin mirar atrás.

Pero, en aquél instante, mientras luchaba contra sus sentimientos hacia Nicholas, comprendió por primera vez cómo se había sentido su madre, y se dio cuenta de que, a lo mejor, no era tan distinta de ella como pretendía ser. ¡Y eso la asustaba más que nada!

Cat cerró los ojos con fuerza mientras las lágrimas intentaban abrirse paso. No podía permitirse el lujo de ser débil… no podía.

Capítulo 8

NICHOLAS paseaba por la terraza. A sus pies se extendía, majestuosa, la ciudad de Venecia, pero él estaba ciego a su belleza. Sólo podía pensar en Cat y en cómo se había sentido con ella en sus brazos, en la belleza de su cuerpo y en el modo en que lo había mirado.

Sintió una opresión en el pecho. Cat no significaba nada, era una McKenzie. Apoyado contra la barandilla de piedra, se obligó a recordar el motivo que le había llevado a esa situación.

Los padres de Nicholas habían muerto cuando él contaba tres años, y había crecido en un orfanato en Grecia. El régimen era muy estricto, totalmente carente de amor, sin influencia materna, sin más que el rigor del trabajo escolar y la lección de que para conseguir algo en la vida había que ganárselo. Al cumplir diez años ya había perdido toda esperanza de tener una familia. Nadie quería adoptar a un niño de diez años.

Y de repente aparecieron en su vida Stella y John Karamanlis. Desde su primer encuentro, algo mágico sucedió. El día que lo adoptaron y se lo llevaron a Creta fue el mejor de su vida.

Aunque Stella y John no tenían hijos biológicos, ambos tenían grandes familias extensas que vivían en el mismo pueblo. De repente, Nicholas pasó de no tener ningún pariente a tener un montón de primos, tíos y abuelos. Todos ellos le habían tratado con gran cariño y amor.

Ya entonces, él se había jurado que jamás los defraudaría, que les recompensaría por su cariño, que haría que se sintieran orgullosos de él.

Cuando Nicholas contaba diecinueve años, su padre enfermó, y él se hizo cargo de la empresa de publicidad, un negocio que a duras penas salía adelante. Nicholas poseía una aptitud innata para los números, tenía una mente aguda y el toque de Midas. En un año había conseguido doblar los beneficios, permitiéndole adquirir una nueva casa para sus padres, con todas las comodidades necesarias para la incapacidad de su padre. En dos años, la empresa valía una pequeña fortuna. Aconsejó a su padre vender, y John accedió. Había supuesto una jubilación muy cómoda para sus padres, y la posibilidad de reinvertir en otros negocios para Nicholas, sobre todo hoteles, y el dinero no había dejado de entrar a manos llenas.

Unos cinco años después, Nicholas se arriesgó a ampliar su pequeña cadena hotelera. Durante un tiempo los ingresos se redujeron, justo en el momento en que los olivares que rodeaban el pueblo empezaron a sufrir las amenazas de los especuladores.

Su tío había acudido a él en busca de ayuda. El dueño de las tierras necesitaba venderlas y un constructor le había hecho una sustancial oferta, pero, para construir unas casas que destrozarían el paisaje. El terreno más apartado de los olivos sería ideal para un pequeño hotel, si Nicholas pudiera adquirir la tierra, salvando así el paisaje del pueblo.

Si la petición hubiera llegado tres meses después, Nicholas habría adquirido encantado los terrenos para donarlos al pueblo, pero tenía las manos atadas por los bancos. Para financiar la compra, necesitaba un socio, y un socio exigía beneficios. Construir un pequeño hotel, tal y como había sugerido su tío, parecía la única opción para salvar los terrenos.

Un banquero le había presentado a Carter McKenzie, y se habían convertido en socios.

El acuerdo firmado entre ellos era, aparentemente, correcto. Nicholas había dejado claro que no se iba a construir en ciertas partes del terreno, y Carter había accedido sin reservas, incluso había insistido en que sería un sacrilegio destruir un paraje de tanta belleza. Desarrollaron los planos de un hotel que cumpliera con las exigencias, y Nicholas dejó a Carter a cargo del proyecto mientras él viajaba al Lejano Oriente para atender un asunto urgente de negocios.

A su vuelta, siete semanas más tarde, descubrió que los planes habían sido alterados. El hotel ni siquiera se había empezado a construir, pero el cinturón verde que debía ser preservado a toda costa había sido arrasado y preparado para iniciar la construcción de viviendas.

Nicholas apenas había podido dar crédito a sus ojos y jamás olvidaría su vuelta a casa. El pueblo donde vivían sus amigos y familiares se había convertido en un lugar repleto de miradas hostiles y palabras de reproche. Le culpaban a él, y él se culpaba a sí mismo, pero sobre todo culpaba a Carter McKenzie por mentirle y por intentar robar las dos cosas que más le importaban: su honor y su familia.

–Te he hecho un favor –fue la respuesta de Carter cuando Nicholas se enfrentó a él–. Ahora ganaremos mucho más dinero.

–No se trataba de dinero –había rugido Nicholas–. Ya ibas a recibir unos buenos beneficios con el trato que teníamos. Sin embargo, has esquilmado la tierra, has quemado olivos y limoneros centenarios que eran de gran importancia para la comunidad.

–Siempre se trata de dinero –había espetado Carter–. Yo sólo he hecho aquello para lo que tú no tuviste agallas. Deberías darme las gracias.

–Di mi palabra a la comunidad de que esto no sucedería –dijo Nicholas con calma–. Y lo sabías.

Carter se había limitado a reír.

El recuerdo de esa risa aumentó su determinación. En aquel momento, lo único que pudo hacer fue comprarle a Carter su parte, gracias a los ingresos de los hoteles del Lejano Oriente.

Y ése había sido el plan de Carter desde el principio. El banquero conocido por ambos le había informado de que, si el negocio del Lejano Oriente salía bien, Nicholas se convertiría en millonario. Carter había apostado por el éxito de Nicholas y había comenzado la destrucción de las tierras. Después, se había sentado a esperar, sabiendo que Nicholas tendría que comprarle su parte. Había sido un chantaje legal, y aunque a Nicholas le fastidió tener que pagar, la única alternativa que tenía era reclamar las tierras antes de que llegaran los constructores.

Sin embargo, Nicholas se había jurado que algún día Carter McKenzie pagaría por ello, y se había mantenido al tanto de sus sucesivos negocios de extorsión. Era un hombre sin principios ni moralidad. Su hijo, Michael, era igual, y lo mismo su hija.

Nicholas se obligó a recordar los hechos y a olvidar la pasión del sexo y la calidez del abrazo de Cat. Ella era tan culpable como su padre, y cómplice en un gran fraude el año anterior. No podía olvidarse de eso, no podía permitir que le distrajera de su cometido.

Sonó el timbre de la puerta, y él abrió al servicio de habitaciones que dispuso una selección de platos, sobre unas placas calientes, en la terraza.

–Gracias –dijo tras entregar una propina, y antes de ir en busca de Cat.

El dormitorio estaba vacío, pero se oía la ducha en el cuarto de baño.

Nicholas recordó de nuevo lo placentero que había

resultado hacer el amor con ella. También recordó el aspecto de Cat sobre el embarcadero, mientras esperaban el taxi. Le había parecido que emanaba pureza, como una chiquilla con miedo a confiar, temerosa de sus emociones.

Pero no había sido más que el efecto de la luz de la luna, ¿no?

Durante un momento analizó cada uno de los sucesos acaecidos en ese mismo dormitorio.

Cat no podía ser virgen.

¡No! Él negó con la cabeza mientras recordaba cómo ella lo había atormentado, arrodillándose ante él, besándolo mientras sus ojos emitían un provocativo brillo.

Después, mientras él la llevaba al dormitorio, ella se había mostrado fabulosamente salvaje, en sus respuestas no había habido timidez ni contención. Salvo cuando la penetró por primera vez… ella había gritado. El recuerdo se fijó en la mente de Nicholas. ¿Le había hecho daño?

Nicholas se sentó en el borde de la cama, conmocionado por la idea. Cat McKenzie no podía ser virgen, ¿o sí?

Se puso en pie con determinación y se dirigió al cuarto de baño.

—Cat, ¿puedo entrar? —él llamó ruidosamente a la puerta.

—Estoy en la ducha. Saldré en un minuto —contestó Cat mientras dejaba que el agua arrastrara las lágrimas que corrían por su rostro. Tenía que controlar sus emociones, ¡era lo bastante fuerte!

La puerta se abrió de golpe, pero las lágrimas sólo le permitían ver una negra sombra.

—¿Qué demonios haces? Me gustaría algo de intimidad. Ya te dije que saldría en un minuto.

—Tengo que hacerte una pregunta.

Ella frunció el ceño mientras intentaba descifrar el

tono de su voz. Era un tono brusco, pero, en cierto modo, alterado.

–Nicholas, ¡márchate! –ella echó el cabello mojado hacia atrás y se frotó los ojos. Nicholas la contemplaba con aprobación despiadada, casi sancionadora.

–Sea lo que sea, podrá esperar –insistió ella–. Sólo tardaré un minuto.

Nicholas alargó una mano para cerrar el agua. Al retirar la mano, le rozó un pecho y ella dio un respingo, consciente de que el corazón martilleaba con fuerza. Lo deseaba de nuevo.

Cat se sintió invadida por la ira, mezclada con un ardiente deseo. Tenía que deshacerse de ese sentimiento, deshacerse de Nicholas. Lo miró desafiante a los ojos.

–¿Eres virgen?

–¿Por qué lo preguntas? –dijo ella tras soltar una carcajada. La pregunta, tan directa, la había asustado e, instintivamente, dio un paso atrás.

–¿Lo eres, Catherine? –él le sostuvo la mirada con determinación.

–¿Cómo puedes preguntarme algo así después de lo que acabamos de hacer?

–Sabes a qué me refiero –él no parecía divertirse. Sus negros ojos la taladraban con la mirada.

–Por favor, pásame una toalla –no era momento de fingir diversión, y ella intentó evitar la pregunta, así como su mirada.

–No hasta que me contestes –él parecía seriamente enfadado.

–¿Cómo te atreves? Lo que yo sea no es asunto tuyo.

–Contéstame –dijo él con dulzura mientras le sujetaba la barbilla para obligarla a mirarlo.

–Sólo porque nos hayamos acostado juntos no te da derecho a irrumpir aquí, alterar mi intimidad y hacerme preguntas personales.

Él no la soltó, sino que la sujetó con más fuerza, obligándola a mantener el contacto visual.

Ella se mordió el labio. Él era muy arrogante, y ella deseaba desesperadamente poderle decir que se había acostado con cientos de hombres, pero no podía.

–Era virgen –admitió al fin con voz ronca–, pero eso no significa nada.

–Pues claro que significa algo –él le acarició el labio con el pulgar, provocándole un cosquilleo de deseo.

Ella odiaba el poder que tenía sobre ella. Lo odiaba casi con tanta intensidad como lo adoraba.

–Deberías habérmelo dicho, Catherine, habría tenido más cuidado –su voz era extrañamente ronca–. ¿Te he hecho daño?

–¡No! –el corazón de Cat golpeaba salvajemente contra el pecho. Pero podría hacerle daño, con tanta facilidad que la destrozaría emocionalmente. Necesitaba recuperar el control. Necesitaba alejarse de él.

–¿Por qué no me lo dijiste?

–Porque habrías pensado que eras alguien especial –ella respiró hondo–. Y no lo eres. No fue más que sexo.

–Siento desilusionarte –la frialdad de su respuesta hizo que Nicholas sacudiera la cabeza. La gatita tenía las garras afiladas–, pero yo sí creo que lo ocurrido entre nosotros fue muy especial.

–No estés tan seguro de ti mismo, Nicholas –dijo ella con voz alarmantemente temblorosa–. Me dejé llevar por… –ella intentó buscar una excusa para sus acciones, pero no lo consiguió.

–Acababas de firmar tu primer contrato importante y fue como una especie de afrodisíaco, ¿es eso? –él completó la frase por ella mientras ciertos aspectos de su personalidad volvían a encajar. Ya se había dejado llevar una vez por la belleza de una mujer, y le había costado un divorcio. No iban a engañarle una segunda vez.

–Supongo que sí –la idea dolía, pero era mejor que aparentar debilidad.

Nicholas se sintió aliviado. De algún modo, eso le absolvía de cualquier sentimiento de culpa que lo hubiera asaltado.

–Me alegro, porque no esperaba nada más profundo –dijo él secamente mientras sentía una ira en su interior que no acababa de comprender–, pero de una cosa estoy seguro. Sea cual sea el detonante, existe una fuerte química entre nosotros. Yo soy quien ha despertado tu apetito sexual. Yo soy quien te va a enseñar todo sobre hacer el amor.

–Fue sexo, no hacer el amor, y no volverá a repetirse –dijo ella con feroz determinación.

–Se repetirá cada vez que yo lo desee –él rió mientras, para ilustrar su afirmación, le acarició el pecho y comprobó cómo los pezones se tensaban de inmediato bajo sus pulgares–. ¿Lo ves? –dijo él con una mezcla de triunfo y excitación.

–Eso no demuestra nada –ella se obligó a separarse de él, aunque el deseo era muy insistente–. Márchate, Nicholas.

Él sonrió y, por un momento, ella pensó que iba a complacerla al ver cómo volvía a abrir la ducha. Sin embargo, empezó a desabrocharse la camisa con un brillo de determinación en los ojos.

–¿Qué haces? –preguntó ella alarmada.

–¿A ti qué te parece? –dijo él con sarcasmo–. Voy a hacerte compañía.

–¡No lo hagas, Nicholas! –el corazón de ella galopaba con fuerza mientras él dejaba caer la camisa al suelo y sacaba un preservativo del bolsillo del pantalón antes de bajarse la cremallera.

Tenía un cuerpo magnífico, bronceado, musculoso, con un torso firme que se estrechaba en las caderas y un abdomen completamente plano. La erección era enorme, y ella apartó la mirada.

–Esto no es una buena idea –susurró ella mientras él entraba en la cabina de ducha, pero su voz ya no resultaba convincente.

–Te guste o no, me deseas, Catherine. De modo que tu cuerpo me pertenece. Admítelo.

El atractivo rostro de él reflejaba determinación, y ella se aplastó contra la pared de azulejos.

Él se inclinó sobre ella, bajo el chorro de agua, y la besó. Fue un beso dulce y ardiente, y el estómago de Cat dio un vuelco. Él besaba muy bien.

Casi sin darse cuenta, los brazos de ella, por voluntad propia, lo rodearon por los hombros. Él la acariciaba con una mano mientras le sujetaba el trasero muy pegado contra su propio cuerpo, y ella gruñó de deseo.

–Creía que no te parecía una buena idea –bromeó él mientras la contemplaba con avidez.

–Me equivoqué.

–Esta vez será mejor que seamos un poco más responsables, ¿de acuerdo? –él sonrió mientras abría el paquete del preservativo.

Ella tembló de deseo mientras él la levantaba y la apoyaba de espaldas a la pared, le besaba el cuello y el rostro, y la acariciaba con caricias sensuales. Él tenía razón, la química entre ellos era demasiado intensa. Ella no comprendía cómo le hacía sentir así, lo único que sabía era que no podía luchar contra ello. Incluso mientras la penetraba, ella no conseguía sentirse cerca de él.

A pesar de la fuerza de su pasión, él se mostraba muy tierno, y ella lo rodeó con las piernas mientras se rendía a la felicidad de los sentimientos que él le provocaba

Mientras él le sujetaba el trasero, ella le acarició la cabeza e intentó no llorar de éxtasis.

–Te deseo muchísimo –las palabras brotaron incontroladamente de los labios de Cat.

–¿Quieres correrte? –susurró él mientras su lengua lamía la oreja y el cuello de Cat.

–Sí… sí.

Él la penetró con una pasión que la volvió loca y su cuerpo se convulsionó con deliciosas oleadas de sensual placer.

Ella había pensado que no era posible más intensidad que la de la vez anterior, pero sí lo era. Fue tan explosivo que sintió ganas de llorar de pura felicidad.

Él esperó a que ella terminara antes de penetrarla profundamente y aliviar su propio deseo con una fuerza que la volvió loca de nuevo.

Saciada y sin aliento, ella se aferró a él bajo el chorro de la ducha. Quería seguir así para siempre, con el mismo martilleo de corazón y con los labios de él acariciándole el cuello.

Nicholas frunció el ceño al darse cuenta de que, una vez más, había perdido el control.

–Cada vez que me tocas, parece como si perdiera toda perspectiva –susurró ella.

–No se puede luchar contra la química –él sonrió–. Lo mejor sería dar rienda suelta a nuestro ardor sexual. ¿Tienes hambre? –preguntó de repente.

–No mucho –ella no quería que la soltara, pero él ya se retiraba.

–Pues yo me muero de hambre –él levantó el rostro y dejó que el chorro de agua lo empapara, antes de salir de la cabina de ducha y envolverse en una toalla mientras le acercaba otra a ella.

–Déjala sobre el toallero eléctrico –dijo ella–. Enseguida salgo.

–No tardes –contestó él antes de salir del baño y cerrar la puerta.

Lo había vuelto a hacer, menuda fuerza de voluntad, se recriminó ella. Mientras cerraba el agua, salió de la cabina y se envolvió en la toalla caliente. Debería vestirse y pedirle que la llevara a su casa de inmediato.

Salvo que ella no quería volver a su casa de inmediato. Cat cerró los ojos y rememoró los minutos anteriores. Él había despertado algo en ella. Había encendido una mecha de deseo que ardía descontrolada. Y lo peor era que él lo sabía. Había hecho lo que se había jurado que no haría jamás, darle a un hombre el poder de controlarla.

Las cosas no podían seguir así. Tenía que despojarle de ese poder mientras aún le quedara algo de dignidad. El único problema era que no tenía ni idea de cómo hacerlo. ¿Tenía Nicholas razón? ¿Iba a rendirse y a dejarle hacerle el amor siempre que quisiera hasta que los sentimientos, fueran cuales fueran, se hubieran agotado?

A medida que los espejos se desempañaron, ella tuvo una visión clara de sí misma. Tenía los labios hinchados de los besos y los ojos brillantes de emoción. Y estaba furiosa por haberse permitido ser tan estúpida.

Lo primero que iba a hacer era vestirse. Corrió al dormitorio y encontró el vestido tirado en el suelo. Nada más recogerlo, fue evidente que nunca más podría volvérselo a poner. Estaba desgarrado en un extremo. Ella recordó la excitación que había sentido ante la impaciencia de él y cómo le había animado a arrancárselo.

Cat se mordió el labio al recordar que lo mismo le había sucedido a sus bragas unas horas antes. ¡Sólo le quedaba el sujetador! La única opción era ponerse el albornoz que colgaba de la puerta del baño. Aunque, no iba a poder salir del hotel vestida con un sujetador y un albornoz.

Parecía que Nicholas tuviera todas las cartas de ese juego. Porque no era más que un juego. Él jugaba con ella y disfrutaba ante el hecho de que ella terminara siempre por rendírsele.

Cat lo odiaba… pero se odiaba aún más a sí misma.

Capítulo 9

CAT SALIÓ a la terraza y encontró a Nicholas descorchando una botella de champán. Llevaba unos vaqueros desteñidos y una camiseta blanca. Vestido de manera tan informal parecía más relajado, y enormemente atractivo.

–¿De dónde has sacado la ropa? –preguntó ella contrariada.

–Tengo ropa de reserva en cada uno de mis hoteles. Me evita tener que hacer el equipaje.

–Muy cómodo –dijo ella secamente–. Y, ¿no tendrás ropa de reserva para… tus *invitadas*?

–Lo siento, pero no –él sonrió divertido–. Pero el albornoz te sienta bien –él la recorrió con la mirada. El albornoz era demasiado grande y parecía empequeñecerla, pero le quedaba enormemente sexy. El pelo empezaba a secarse y formaba unos suaves rizos que enmarcaban su rostro, y su piel brillaba por el calor de la ducha… ¿o de hacer el amor?

–Desafortunadamente mi vestido está roto y no he podido ponérmelo.

Nicholas observó cierta ira en su voz y sonrió para sus adentros. Aunque había dejado claro que sería suya cada vez que él la deseara, ella aún intentaba controlar la situación, y a él. Tuvo que admitir que admiraba su tenacidad. Y también que lo excitaba más allá de la razón.

–No te preocupes por eso –susurró él con voz ronca–. Ahora mismo no necesitas ropa, y mañana te compraré algo.

–¡No quiero que me compres nada! –ella se sonrojó–. Puedo comprarme mi propia ropa.

–Como quieras –dijo él mientras alzaba las manos en señal de rendición.

–Y quiero que me lleves a casa –dijo ella, pero se quedó de piedra cuando él se echó a reír.

–¿En serio?

–Acabo de decírtelo, ¿no? –ella se sonrojó aún más.

–De acuerdo, si quieres volver esta noche, me encargaré de ello, pero antes comeremos algo.

Cat estuvo a punto de decir que no le apetecía nada, pero cuando él destapó las placas eléctricas, el delicioso aroma de la pasta llenó el aire, y ella se dio cuenta de que estaba hambrienta.

–Veamos qué hay por aquí –Nicholas leyó el menú–. Para empezar, *linguine* de marisco, espagueti con alcachofas y hierbas, o *Penne Arrabbiata*.

–Desde luego huele muy bien –admitió ella mientras se acercaba a la mesa.

–Siéntate y te serviré algo –él la ayudó a sentarse–. ¿Qué te apetece?

–Los *linguine* estarían bien, gracias –ella se rindió tras dudar un instante. ¿De qué serviría morirse de hambre? No iría a ninguna parte antes de solucionar el tema de la ropa. Y era evidente que Nicholas no lo iba a solucionar hasta después de haber comido.

–Por cierto –susurró él–. Iba en serio cuando dije que el albornoz te sienta muy bien.

–Seguro que les dices lo mismo a todas tus invitadas –ella consiguió hablar en un tono frío del que se enorgulleció–, así es que no lo tomaré como algo personal.

–No es verdad –dijo él perezosamente–. Eres única en tu clase.

Mientras Nicholas servía los platos, fue consciente de que en esa frase había algo de cierto. Catherine era distinta de cualquier mujer que hubiera conocido. Lo volvía tan loco que, cuando hacían el amor, se olvidaba de todo, incluso de que no era más que una cuestión de venganza.

Frunció el ceño, molesto consigo mismo, pues no debía olvidar que ella era embaucadora por naturaleza y que no era más que un asunto de sexo. Después de acostarse con ella unas cuantas veces, la novedad se habría pasado. Para cuando se hubiera hecho con la herencia McKenzie, ella ya estaría en camino de convertirse en agua pasada. Sirvió los platos y se sentó frente a ella.

–¿Te apetece una copa de champán? –sin esperar una respuesta, le llenó la copa.

–Gracias.

Sus miradas se fundieron, y ella tembló ante la feroz intensidad en los ojos negros. ¿En qué estaría él pensando? ¿En lo que había disfrutado *aliviándose* con ella? Recordó la falta de tacto mostrada por él en el avión y, extrañamente, el recuerdo le dolió.

–Qué bien se está aquí fuera, ¿verdad? –ella apartó la vista de Nicholas y se concentró en la belleza de la ciudad. La vista era espectacular.

–Sí –Nicholas seguía con la mirada fija en ella. ¿Cómo era capaz de fingir ese aspecto vulnerable en una fracción de segundo? Ella no era vulnerable, se recordó a sí mismo.

Era una auténtica McKenzie, movida únicamente por los negocios y el dinero.

–Deberías haberme dicho que nunca te habías acostado con alguien –las palabras brotaron repentina e involuntariamente de sus labios.

–Creí haber dejado claro que no era asunto tuyo –ella lo miró fríamente.

–Discúlpame por ser anticuado, pero tras compartir la intimidad de la que acabamos de disfrutar, creo que sí lo convierte en asunto mío.

–Tú no eres anticuado.

–Puede que tengas razón –él no pudo evitar sonreír–, pero, curiosamente, tu decisión de entregarme tu virginidad, me intriga.

–Porque estimula tu ego.

–No, porque lo considero algo especial.

–No lo hagas, Nicholas –era como si él hurgara en una herida abierta.

–¿Qué no quieres que haga?

–Fingir –durante un segundo, ella lo miró con ojos suplicantes–. A lo mejor te sientes halagado por el hecho de que yo fuera virgen, pero ambos sabemos que no ha sucedido nada extraordinario. Seguramente haces lo mismo, con una mujer distinta, cada semana.

–Te puedo asegurar que no es así –él rió.

Ella lo miró con expresión de incredulidad.

–No te digo que no haya salido con muchas mujeres. Por supuesto que lo he hecho, pero no con una distinta cada semana –él sonrió y negó con la cabeza–. Tengo que conservar la energía suficiente para atender a mis negocios.

Ella rió ante el comentario.

Tenía una risa muy atractiva y cálida que iluminaba sus ojos. De ser cierto que los ojos eran el espejo del alma, Nicholas se habría equivocado seriamente con ella.

¿Por qué demonios no dejaba de pensar en ese tipo de cosas?

–Cuéntame algo sobre ti –sugirió él repentinamente.

–¿Por qué? –al instante reapareció la expresión de desconfianza.

–¿Y por qué no? –él rió–. Eso es lo que hacen las personas cuando cenan juntas por primera vez.

–Nosotros no tenemos esa clase de relación –dijo ella rápidamente. Puede que fuera incapaz de controlarse cuando él le hacía el amor, pero al menos preservaría su intimidad todo lo posible.

–¿No la tenemos?

–Cualquier conversación que mantengamos –ella insistió–, deberá centrarse en los negocios.

–Ya habíamos terminado con los negocios hace un rato –dijo él secamente.

–No del todo –objetó ella–. Aún tenemos que hablar sobre las escenas exteriores y si el resto de la campaña debería seguir…

–Cat, todavía no hemos decidido si habrá un resto de campaña. Y no tiene sentido discutir sobre ello hasta haber completado el primer anuncio –dijo él con frialdad–. Creo haberlo dejado claro. De modo que deja de esconderte detrás del trabajo.

–No intento esconderme detrás de nada –protestó ella–. Tan sólo digo que no hay que perder de vista los posibles futuros anuncios al hacer el primero.

–Déjalo ya, ¿vale?

–Si eso es lo que quieres.

–Lo es –él frunció el ceño–. Lo que quiero es hablar sobre ti.

–No hay mucho de qué hablar.

–No me lo creo.

–Pues es la verdad –ella se encogió de hombros–. Me gradué este año y encontré un trabajo en una empresa de publicidad. Eso es todo.

–Y tienes, ¿cuántos? ¿Veinte años? –él fingió adivinar su edad, y ella asintió–. Eres muy joven para ser graduada.

–¿En serio? –dijo ella. Siempre tuvo claro que quería marcharse de casa lo antes posible, y en su mente, cualificación equivalía a independencia, de modo que se había aplicado al máximo.

–¿Cuándo cumples los veintiuno?

–Dentro de tres meses –ella bebió un sorbo de champán. ¿Por qué le hacía esas preguntas? No le apetecía que él analizara su vida. Y, desde luego, no quería hablar sobre su cumpleaños.

–¿Vas a hacer algo especial?

–No.

–Pero, supongo que tu familia te preparará una fiesta.

Ella lo miró con una total indiferencia reflejada en sus ojos.

Nicholas se enfadó consigo mismo. ¿Qué esperaba? Ella jamás admitiría el hecho de que estuviera considerando un matrimonio de conveniencia para poner sus manos en la herencia.

–Tendrás familia, ¿no? –insistió él–. ¿No mencionaste a un hermano que te organizaba citas?

–Es mi hermanastro –ella bebió otro sorbo de champán y empezó a notar los efectos del alcohol–. Mi madre murió siendo yo niña, y mi padre se volvió a casar.

Él ya lo sabía, pero al menos se había decidido a contarle algo.

–Y dime, ¿tu padre y tú estáis muy unidos?

–Es mi padre –ella se acarició la larga melena–. ¿Tú qué crees?

–Bueno, los padres suelen adorar a sus hijas, ¿no es así? –Nicholas frunció el ceño–. De modo que te imagino como la niña de papá. Mimada hasta la saciedad, y su fan número uno.

–¡Desde luego! –ella se escondió tras la ilusión y sonrió.

Saltaba a la vista que se mostraba muy a la defensiva sobre su padre. A lo mejor porque había sido criticado abiertamente en el pasado y ella había desarrollado una antipatía hacia cualquiera que se interesara demasiado en él.

Tenía sentido. Si ella no adorara a su padre y a su hermano, no podría participar en sus retorcidos planes. Nicholas no entendía por qué tenía la sensación de haberse equivocado sobre ella. El detective privado la había investigado a fondo. Sabía bien cómo era.

–¿Y tú qué? –ella cambió de tema antes de permitirle preguntar nada más–. ¿Tienes familia?

–Sí. Al igual que te sucede a ti, la familia es muy importante para mí –él clavó los ojos en ella–. Mi padre murió, pero mi madre y mi familia viven en el mismo pueblo de Creta donde me crié.

Ella lo miró con renovada curiosidad. Dada su riqueza y poder, ella había supuesto que estaría demasiado ocupado ganando dinero como para preocuparse por su familia.

–¿Y qué pasa con los niños? ¿Tuviste hijos con tu ex mujer?

–Para ser una mujer interesada sólo en hablar de negocios, pareces haber cambiado de sintonía.

–Simplemente era curiosidad –dijo ella.

–Bueno, pues para responder a tu pregunta, no, no tuvimos hijos. Seguramente fue lo mejor, dado que el matrimonio no duró más de seis meses.

–Lo siento.

–No lo sientas. Sylvia no fue una gran pérdida –Nicholas hizo una mueca ante la dulzura del tono de Cat. No quería las simpatías de una McKenzie.

Había una crudeza en la afirmación que hizo que Cat frunciera el ceño. ¿Había conseguido la ex mujer atravesar esa altiva coraza? ¿Lo había humillado y herido? Durante un segundo quiso creerlo porque eso explicaría que en ocasiones se mostrara tan distante. Ella sabía lo que era ser rechazada, pues se había sentido una extraña en su propia casa durante casi toda la infancia. Sabía lo que era que le pisotearan a una los sentimientos, y lo recelosa que se podía volver hacia las personas, y cuánto dolía, y eso hizo que quisiera acercarse a él.

Pero, de repente, al encontrarse con la expresión dura, casi despiadada en su rostro, apartó esa idea de la mente. Acercarse emocionalmente a Nicholas Karamanlis era tan estúpido como alargar la mano hacia un tigre.

Eso era lo que pasaba al acostarse con alguien. Le entraban a uno ganas de asociar sentimientos reales a ese acto, de reinventar la personalidad del amante, de distorsionar la realidad.

¡Pues ella no iba a ser tan estúpida!

–¿Pasamos al segundo plato? –sugirió él al ver que Cat dejaba los cubiertos en el plato. No había comido casi nada–. Creo que hay…

–No podría comer más –interrumpió ella–. Preferiría que dispusieras lo necesario para llevarme al aeropuerto.

–¿Y no te importa viajar así vestida? –él se reclinó en el asiento y la miró con calma.

–No seas ridículo –ella le lanzó una mirada furiosa–. Pensé que podrías llamar a una de las tiendas de ahí abajo. Tendré que comprarme ropa nueva.

–Cat, ya es tarde –él consultó su reloj–. Las tiendas están cerradas.

–Sí, pero tú puedes hacer que las abran si quieres –ella sintió una repentina sensación de pánico.

–No lo creo. Los empleados ya se habrán marchado –él se levantó y, tras retirar los platos de la mesa, colocó un cuenco de fresas entre ellos.

–Jamás tuviste la intención de llevarme de vuelta a Londres esta noche, ¿verdad?

–Pero soy un hombre de palabra –dijo él mientras negaba con la cabeza–. Si de verdad quieres marcharte, haré que mi avión privado se prepare y que un taxi acuático te recoja.

–¡En albornoz!

–Bueno, ya he dicho que no puedo hacer nada al respecto –dijo mientras tomaba una fresa–. Deberías probarlas, están deliciosas con champán.

–No quiero nada, Nicholas.

Estaba segura de que si él quisiera, haría una llamada para que abrieran las tiendas, y sentía tentaciones de seguirle el juego y pedirle que preparara su viaje.

–¿Quieres saber lo que quiero yo? –preguntó él con calma–. Quiero hacerte el amor durante toda la noche. Quiero besar tu cuerpo, tenerte en mis brazos y hacerte mía una y otra vez. Y creo que eso es lo que quieres tú también.

–Eres un hombre extremadamente arrogante, Nicholas –Cat sintió renacer el deseo al escuchar las palabras de Nicholas, pero se sentía furiosa.

–Sin embargo, me deseas tanto como yo a ti –él sonrió y alargó una mano para tocarla–. ¿Por qué te empeñas en luchar contra esta verdad?

–No lucho contra nada –mintió ella, mientras él le acariciaba la mano y el interior de la muñeca.

Ella cerró los ojos e intentó encontrar algo de sentido común en aquel torrente de emociones. No era más que sexo. Si conseguía no olvidarlo, él jamás podría afectarla emocionalmente.

–Supongo que estoy aquí atrapada, dado que destrozaste mi vestido –dijo ella mientras intentaba darle un tono de indiferencia a su voz–, pero mañana volveremos a discutir de negocios –continuó ella–. Hablaremos sobre las escenas exteriores y en cómo enlazarlas con…

–¡Cat!

–¿Qué? –ella dio un respingo al sentir que él le apretaba la mano.

–Ven aquí.

–¡No me hables en ese tono!

–Me pediste que no fingiera –él la miró divertido–, pero eres tú quien finge aquí. Ya habíamos dejado aparcado el tema del trabajo, ¿recuerdas?

Ella tembló sin saber qué decir. Su mirada iba desde los ojos de él hasta la mano que sujetaba la suya. El contacto con su piel hizo que temblara de deseo.

–¿Tienes frío?

–No –ella rió. El aire era tórrido, por no hablar del modo en que él le hacía sentir.

–Estás temblando –él tiró de su mano–. Ven aquí.

Fue imposible ignorar la orden por segunda vez, porque el tono era mucho más tierno. Él tiró de ella hasta que quedó, de pie, frente a él, al otro lado de la mesa.

–Mucho mejor, estabas demasiado lejos –su voz reflejaba satisfacción mientras la obligaba a sentarse sobre sus rodillas, de frente a él–. Estás demasiado tensa. Debes aprender a relajarte –él le acarició los cabellos, apartándoselos del rostro–. Y creo que sé cómo puedes conseguirlo.

–¿Cómo? –preguntó ella con voz ronca mientras sus miradas se fundían.

–Unas fresas con champán –murmuró él mientras le abría el albornoz y besaba sus hombros–. Y un poco de esto…

–Eres nefasto para mí, ¿lo sabías? –susurró ella con voz temblorosa.

–Al contrario, la relajación te vendrá muy bien –dijo él mientras soltaba el cinturón del albornoz.

El albornoz cayó hasta el suelo, y ella miró hacia el cielo estrellado mientras las manos de él recorrían posesivamente su cuerpo.

Era mucho más fácil, e infinitamente más agradable, ceder que luchar contra él.

Capítulo 10

CAT DESPERTÓ, sola, en la enorme cama. Mientras recordaba la noche de salvaje pasión, alargó una mano hacia la almohada vacía y sintió un extraño dolor en la boca del estómago al recordar la ternura con que él la había abrazado y el calor de sus besos.

–Despierta, dormilona –Nicholas entró en el dormitorio y descorrió las cortinas.

–¿Qué hora es? –murmuró ella mientras protegía sus ojos del deslumbrante sol con un brazo.

–Casi las once.

–¡Las once! –ella se sentó de golpe mientras se tapaba con la sábana, un gesto de pudor que resultaba ridículo después de la noche anterior–. ¡No puedo haber dormido tanto!

–Bueno, anoche estuvimos bastante ocupados –murmuró él–. El servicio de habitaciones ha subido té –dijo mientras dejaba una taza sobre la mesilla de noche.

–Gracias. Deberías haberme despertado antes. ¿Cuánto tiempo llevas levantado?

–Tenía una llamada de negocios que hacer a las nueve, y, desafortunadamente, tuve que levantarme. De lo contrario… –los ojos de él se posaron en la suave piel y la sensual mata de ondas rubias que caía sobre la almohada–, puedo asegurarte que te habría despertado.

Nicholas sonrió al ver que ella se sonrojaba y mordía esos labios que aún estaban hinchados. De repente sintió el impulso de arrancarle la sábana de la mano y tomarla de nuevo. El impulso era mucho más fuerte de lo que él habría deseado e, impaciente, se dio la vuelta.

–Tómate el té y vístete –murmuró él–. He hecho que te suban algo de ropa. Está en el salón.

–Gracias –el tono profesional de Nicholas la desconcertó–. ¿A qué hora volvemos a Londres?

–He hablado con el piloto esta mañana y el primer espacio aéreo disponible es el de las seis y media de esta tarde –él la miró de soslayo–. Ya sé que es más tarde de lo que teníamos pensado, pero la última palabra la tienen los del control del tráfico aéreo.

–Entonces habrá que conformarse –dijo ella, aunque, en el fondo, hubiera preferido que el primer espacio aéreo disponible fuera a mediados de la semana siguiente. También le hubiera gustado que el tono de voz de Nicholas hubiese sido un poco más entusiasta. Pero ¿qué le sucedía?, se recriminó. Al menos la noche anterior había intentado pensar con sensatez, pero en esos momentos daría lo que fuera por permanecer en ese limbo de lujuria y sexo.

Cat se obligó a ser realista. La noche anterior habían disfrutado enormemente, pero no era algo real, no significaba nada para ninguno de los dos y, desde luego, no podía durar.

–Será mejor que conteste –el sonido del teléfono hizo que Nicholas saliera del dormitorio.

–Sí, podría ser importante –dijo ella mientras la puerta se cerraba. Necesitaba una ducha, y aclarar su mente para volver a centrarse en el trabajo. Dado que iban a quedarse unas horas allí, la oportunidad era ideal para discutir algunas ideas sobre la campaña.

Minutos después, duchada y con el pelo suelto, ella buscó el albornoz que había llevado la noche anterior, antes de recordar que se quedó tirado en la terraza. Durante un segundo, recordó cómo habían hecho el amor bajo las estrellas. A pesar de estar sentada encima de él,

Nicholas la había penetrado y había mantenido el control de la situación en todo momento.

Enseguida borró esos recuerdos. Había terminado, se dijo con firmeza. Era hora de pasar página.

Envuelta en una toalla, salió al salón en busca de la ropa que Nicholas había encargado.

Había un perchero junto a la puerta y, para su alivio, Nicholas hablaba por teléfono en la terraza, de modo que pudo echar un vistazo a las prendas en privado.

Cuando llevaba revisado la mitad del perchero ya tenía claro que no había más que ropa de diseño y, aunque no veía el precio, estaba segura de que estaría muy por encima de sus posibilidades. Eran prendas fabulosas, y con cada traje había una percha con la ropa interior a juego… y todo de su talla.

Sus ojos se detuvieron en un vestido de verano. Era de seda color turquesa.

Lo descolgó y lo levantó para contemplarlo a la luz.

–Qué curioso que hayas elegido ese vestido –la voz de Nicholas hizo que se girara de golpe–. Fue el que más me llamó la atención a mí también. Pensé que estarías deslumbrante con él.

–Desde luego, es precioso –dijo ella mientras se sujetaba la toalla con fuerza.

–Pruébatelo –sugirió él con firmeza.

–En realidad, Nicholas, no compro ropa de diseño –ella lo devolvió al perchero–. Se sale de mi presupuesto.

–Aquí sólo venden ropa de diseño –dijo él mientras volvía a descolgar el vestido–. No te preocupes, yo me encargo de la cuenta. O eso o te vas así a casa.

–Bueno, en ese caso supongo que no tengo elección –ella alargó lentamente una mano–. Aunque te devolveré el dinero.

Durante un segundo, él se sintió cautivado por el modo en que ella lo miraba. Era una actriz muy buena.

Su voz y su mirada reflejaban integridad y principios. Él habría jurado que ella se sentía realmente incómoda al aceptar el regalo y que, de verdad, quería devolverle el dinero.

–No te preocupes –dijo él secamente–. Me conformaré con vértelo puesto, ah, y esto también –añadió mientras descolgaba un conjunto de ropa interior–. Ése será mi pago.

Nicholas percibió una sombra en los ojos de ella, como si acabara de golpearla.

–He dicho que te lo pagaré, y lo haré –dijo ella con firmeza–. Y no necesitaré esto –añadió mientras dejaba las medias de seda y el corsé en el perchero y se dirigía al dormitorio.

Cat temblaba cuando dejó el vestido sobre la cama. Algo en la mirada de él la había sacudido como un latigazo. La había tratado como a una concubina, un juguete.

¿Cómo podía mirarla así después de haberle hecho el amor con tanta ternura la noche anterior?

¡Qué idiota!, se recriminó Cat con furia mientras luchaba contra unas emociones que no le eran familiares. Aunque lo suyo no fuera más que sexo, no iba a permitir que la tratara como a una concubina a la que podía comprar con unos trapitos. ¡Aún le quedaba algo de dignidad!

Reforzada por su determinación, recogió el vestido. Mientras luchaba por subir la cremallera, la puerta del dormitorio se abrió, y Nicholas entró.

Él contempló la espalda de Cat. Nunca le habían interesado las espaldas, pero ésa le resultaba increíblemente erótica. El tono dorado de su piel hizo que él deseara acariciarla.

–¿Necesitas ayuda? –preguntó.

–No, gracias –contestó ella mientras giraba la cabeza y lo miraba con ojos furiosos.

–¿Qué ocurre? –él la rodeó por la cintura mientras empezaba a subirle la cremallera.

–¿Quieres decir, aparte del hecho de que me acabas de hacer sentir como una mujer barata? –ella cerró los ojos mientras luchaba contra la debilidad que la invadía cada vez que él estaba cerca.

–Ésa no era mi intención –contestó él mientras terminaba de subirle la cremallera y sus manos la rozaban descuidadamente–. Anoche te destrocé el vestido y lo he reemplazado. ¿Qué tiene de malo? –continuó mientras le apartaba el cabello de la nuca para besarla.

–Te diré qué hay de malo –ella se volvió–. Crees que, porque tienes dinero, puedes comprar lo que quieras… a quien quieras. Pues yo no estoy en venta, Nicholas. Yo no pertenezco a nadie.

–Pues en realidad, Catherine McKenzie –dijo él con una sonrisa totalmente carente de humor–, en este preciso instante, me perteneces a mí. Y puedo asegurarte que no quiero comprarte –continuó mientras la miraba con feroz intensidad–. Tan sólo quiero poseerte.

Las palabras taladraron la consciencia de Cat, pero, antes de que pudiera protestar, él la besó.

Fue un beso duro, pero, tan provocativo e intenso que ella se derritió y le correspondió con un deseo tan salvaje que le desgarró el alma.

–Me alegro de que no aceptaras la ropa interior –gruñó él mientras le subía la falda y sus manos acariciaban posesivamente sus desnudas curvas–. Te prefiero así.

¿Por qué le permitía hacerle eso? Se preguntó Cat mientras cerraba los ojos, sumisa. ¿Por qué lo deseaba tanto que nada más importaba?

Ya era por la tarde cuando por fin salieron del hotel para ir a comer. El ardiente sol brillaba y el agua del canal era de un, casi imposible, color turquesa.

Nicholas insistió en que tomaran una góndola.

–No puedes irte de Venecia sin montar en góndola –dijo con firmeza.

–Espero que no te estés volviendo romántico conmigo, Nicholas –espetó ella.

Él rió, aunque no respondió, y ella deseó de inmediato no haber hecho esa broma. No entendía qué le sucedía. Seguramente era la misma locura que la obligaba a rendirse a él cada vez que la rozaba con sus manos. Nicholas no estaba interesado en un romance, sólo en el sexo.

Ella desvió la mirada, aturdida por lo mucho que dolía ese pensamiento. Una góndola se aproximó al embarcadero del hotel y, mientras el gondolero sujetaba la barca, Nicholas saltó a su interior y ayudó a Cat a hacer lo mismo. La barca se bamboleó peligrosamente hasta que estuvieron sentados sobre los cojines de terciopelo rojo y se pusieron en marcha.

Cat intentó concentrarse en la vista que tenían del hotel para no pensar en lo cerca que estaba de Nicholas, dada la estrechez de la góndola y que él la rodeaba por los hombros.

–Desde aquí, el hotel tiene un aspecto espléndido –murmuró ella–. A lo mejor deberíamos filmar las escenas exteriores desde este ángulo.

–Puede –Nicholas frunció el ceño y la escuchó lanzarse a un monólogo sobre la conveniencia de grabar el anuncio con una determinada lente. Cat no dejaba de ser un enigma para él. En el plano sexual, poseía un total control sobre ella. Pero, en cuanto conseguía que bajara la guardia, ella se esforzaba de inmediato por volver a levantarla, ¿por qué?

Debería estar totalmente entregada a él, pero, en cambio, intentaba por todos los medios alejarse. Nicholas no había previsto ese problema. Normalmente, las mujeres con las que se acostaba lo que intentaban era que la relación se convirtiera en algo más profundo, pero Cat parecía buscar desesperadamente una relación meramente de negocios.

Era como si hubiesen intercambiado los papeles, y eso le irritaba profundamente. Iba a tener que forzar la situación un poco más.

–¿Sabes una cosa, Catherine? Lo que menos me importa en estos momentos es el dichoso anuncio –la interrumpió con firmeza mientras le acariciaba la nuca–. Lo único en lo que puedo pensar es en lo mucho que he disfrutado del tiempo que hemos pasado juntos. Produces un extraño efecto sobre mí.

–¿En serio? –ella lo miró con curiosidad.

–Sí –contestó él mientras sus ojos se fijaban en los labios de ella–. No consigo saciarme de ti.

En cuanto pronunció las palabras, Nicholas supo que eran ciertas.

–No me digas esas cosas, Nicholas –murmuró ella con voz ronca.

–¿Por qué no, si es verdad?

–Es que… no me gusta que me digas esas cosas –contestó ella mientras el corazón daba alocados golpes contra el pecho.

–¿De qué tienes tanto miedo? –la pregunta iba más dirigida a sí mismo que a ella.

Ella no contestó, pero él pudo ver sombras de consternación en sus ojos. Nicholas frunció el ceño y le acarició el rostro antes de besarla.

Fue un beso tierno, más que cualquier otro, y Cat se sintió mareada por el deseo.

La góndola surcaba los estrechos canales, pasaba bajo puentes, casas y hoteles, pero, durante largo rato, Cat no fue consciente más que del placer de ser besada y abrazada. Al entrar la barca en el Gran Canal, se levantó una brisa y se formó un oleaje. Parte del agua salpicó al interior de la góndola, y ambos se apartaron en medio de las risas. Después, y sin mediar palabra, ella volvió a acurrucarse contra él. Era una locura, pero no recordaba haber sido tan feliz jamás.

–Desde aquí se ve el Puente de los Suspiros –comentó Nicholas–. Ahí está.

–Es precioso, ¿verdad? –dijo ella–. Esta ciudad es como el decorado de una película romántica.

–Sí, pero las apariencias engañan. Es el puente que conduce a la prisión, y se llama el Puente de los Suspiros porque, por esa ventana, el condenado veía la ciudad por última vez.

–Supongo que ésa es la cruda realidad… y casi nunca es romántica.

–Eres demasiado joven y bella para ser tan cínica –rió él–. Permíteme informarte de que muchos romances se han fraguado en esta ciudad. Por ejemplo, se rumorea que Casanova escapó de la prisión para reunirse con su amor verdadero.

–Casanova no tuvo ningún amor verdadero –dijo ella entre risas.

–¿Y eso cómo lo sabes? –bromeó él–. Es que tenía muy mala prensa. Nunca hay que juzgar el libro por la cubierta.

–Tampoco hay que ignorar los hechos, de lo contrario puedes terminar cometiendo un serio error de juicio –ella inclinó la cabeza contra el hombro de él mientras intentaba olvidar la realidad sobre ellos y, en cambio, pensar que era el comienzo de algo serio.

¿Empezaba a enamorarse de él? En cuanto la pregunta llegó a la mente de Cat, ella lo rechazó. Disfrutaba con su compañía, disfrutaba de la intimidad cuando hacían el amor. Pero nada más.

El barco se deslizó suavemente hacia la orilla.

–Espero que te haya gustado –dijo Nicholas mientras saltaba de la góndola y le tendía una mano.

–Sí, ha sido fantástico –Cat evitó mirarlo a los ojos.

Como las piedras lanzadas al estanque, sus pensamientos habían provocado inquietante olas que no podía ignorar. No estaba enamorada de él porque no era tan estúpida como para hacerlo. Además, Nicholas jamás la correspondería. Jamás tendría con él la clase de vida que anhelaba. Nunca podría ser tranquila y ordinaria. Las mujeres no eran más que objetos de juego para él.

De modo que no se trataba de amor, pero a lo mejor sí estaba desarrollando algún sentimiento y, de ser así, era algo muy peligroso. Si pasaba más tiempo con él, esos sentimientos se harían más fuertes, y una mañana se despertaría enamorada. Y entonces su vida sería un auténtico caos.

Lo mejor era terminar cuanto antes con todo.

Caminaron junto a la orilla mientras ella intentaba concentrarse en la belleza que la rodeaba y no en lo que debía hacer.

Entraron en la plaza de San Marcos donde las palomas revoloteaban contra la fachada de la impresionante basílica.

Nicholas la condujo hasta la mesa de una de las terrazas y llamó al camarero.

–Estás muy callada. ¿Va todo bien? –él la miró con una intensidad que parecía atravesarla.

–Sí, muy bien –ella intentó fingir una sonrisa.

Nicholas pidió champán y le tendió una carta.

Una vez de vuelta en Londres, él seguramente no querría volver a verla jamás. De modo que ella debería reafirmar su independencia. Terminar antes de que lo hiciera él.

Cat lo miró, y él sonrió. De repente, se echó atrás. No podía hacerlo aún. En cuanto el avión tocara tierra en Londres y volvieran a la realidad, sería el momento adecuado. Y así lo haría.

Capítulo 11

CAT DEJÓ algunos contratos sobre el escritorio de su jefa antes de volver al despacho. Fuera llovía con fuerza. La ola de calor había terminado, así como el verano, y el estado de ánimo de Cat era tan oscuro como el tiempo.

–Tienes una llamada por la línea dos –dijo una de las secretarias.

–¿Quién es?

–No lo sé; no lo dijo.

–Soy Cat McKenzie, ¿en qué puedo ayudarle? –con un profundo suspiro, descolgó el auricular.

–Pues se me ocurren unas cuantas formas, Catherine –el tono cálido y burlón de Nicholas provocó de inmediato un incendio en sus venas.

Los recuerdos volvieron a su mente. Recuerdos de cómo habían hecho el amor en el avión de vuelta a Londres. De cómo en las semanas que siguieron a ese viaje, ella fue incapaz de resistírsele. Aunque no dejaba de decirse que iba a acabar con la relación, cada vez que estaban juntos decidía aplazarlo.

Entonces él se había marchado en viaje de negocios a Suiza, y ella se había mentalizado de que jamás volvería a Londres y que el asunto había acabado. En cinco días no había llamado ni una sola vez. Ella intentó convencerse de que no le importaba, pero el sonido de su voz hizo que fuera consciente de que no era así.

–Hola, Nicholas, ¿cómo estás? –ella consiguió mantener la voz tranquila y fría.

–Estoy en Londres, en el hotel.

–¿El viaje salió bien?

–Así, así. Mi agenda era caótica. ¿Y tú qué tal? ¿Me has echado de menos?

–Pues, al igual que tú, he estado demasiado ocupada para eso –dijo, furiosa por su arrogancia.

–Parece que a los dos nos vendría bien relajarnos un poco. ¿Por qué no envío el coche a buscarte esta noche y cenamos juntos en el hotel?

Ese hombre pensaba que podía tomarla o dejarla a voluntad. Cierto que, durante las semanas anteriores, ella había accedido a verlo muchas veces, pero él ya llevaba demasiado tiempo saliéndose con la suya.

–Pues lo cierto es que esta noche no me viene bien. Tendré que trabajar hasta las siete. Tengo unas cuantas reuniones y, para cuando llegue a casa, sólo me apetecerá acostarme pronto.

No era mentira. Tenía que trabajar hasta tarde. Pero daría cualquier cosa por verlo después.

–Lo de acostarnos pronto suena bien –contestó él–. Mi chófer puede recogerte en la oficina.

–¿Y qué iban a pensar los demás? –ella bajó el tono de voz para que nadie la escuchara–. Creía que habíamos acordado mantener nuestra vida privada en secreto.

–Lo hicimos –admitió él.

–Pues entonces, dime cómo lo haremos si una enorme limusina blanca viene a buscarme.

–Invéntate algo –él se echó a reír–. Diles que quería verte para discutir sobre la campaña.

–Claro, y mi jefa querrá un resumen detallado de lo que hablamos y saber, por ejemplo, si ya te has decidido sobre los siguientes anuncios.

–Dile que me lo estoy pensando.

–¿Y lo estás?

–Ahora mismo no –dijo él tras una pausa–. Ya te dije que quería ir paso a paso.

–Eso me parece justo, pero no quiero que piensen que lo estás considerando seriamente. Dejemos lo de esta noche. De todos modos, no me encuentro muy bien.

–¿Qué te ocurre?

–Supongo que no es más que cansancio –Cat levantó la vista al aproximarse una de sus colegas–. Escucha, tengo que colgar, tenemos mucho trabajo. Llámame la semana que viene si puedes.

–Cat, ¿puedes encargarte de estos gráficos por mí? –dijo Claire.

–Claro, ¿para cuándo los necesitas? –Cat sólo prestaba atención a medias. Su mente seguía en la conversación mantenida con Nicholas. Por un lado, deseó haber accedido a verlo aquella noche. Lo echaba mucho de menos, pero era cierto que sus compañeros empezarían a sospechar si vieran el coche de Nicholas esperándola.

Ella había exigido mantener la relación en secreto porque temía que afectara negativamente a su trabajo, y Nicholas había accedido sin dudar. Incluso había sugerido que la relación no sólo fuera secreta en la oficina, sino también entre los amigos y familiares.

–Es mejor así –había dicho él–. En cuanto descubren que salgo con alguien, los periodistas empiezan a husmear y, antes de que te des cuenta, empezarán a aparecer artículos sobre nosotros y sobre tu familia. Perderás toda intimidad, y eso no es siempre agradable.

Ella había estado de acuerdo. Era una persona muy reservada y lo último que quería era que se publicaran detalles sobre los escándalos familiares, o la herencia. Pero también le convenía a Nicholas porque de ese modo no tendría que presentarla en sociedad.

Cat intentó concentrarse en los papeles. Se sentía un poco mareada y llevaba toda la semana con náuseas. Había un virus en la oficina. Claire había estado de baja la semana anterior.

–Lo siento, Claire, ¿cuándo has dicho que lo necesitas?

–¿Podría ser para esta tarde, antes de la reunión?

–¡No me das mucho tiempo!

–Lo sé –dijo Claire–. Lo siento, pero he estado distraída últimamente.

–Supongo que es normal. Has estado enferma –reconoció Cat–. No te preocupes. Déjamelo.

–Gracias –Claire sonrió–. Por cierto, Cat, no tienes buen aspecto. ¿Te encuentras bien?

–Sí… aunque creo que he pillado una versión más suave de lo que tuviste tú la semana pasada.

–No creo que exista una versión más suave de eso –Claire se sonrojó y bajó el tono de voz–. A no ser que se pueda estar sólo un poco embarazada.

–¿Quieres decir que… estás…? –Cat la miró sorprendida.

–No se lo digas a nadie todavía –Claire sonrió–. No quiero que se sepa tan pronto en la oficina.

–¡Vaya! Enhorabuena, Claire.

–Gracias. Tengo que admitir que me llevé un buen susto. Debió de ser durante la luna de miel. Como tú, yo pensé que tenía un virus. Estaba agotada y no dejaba de vomitar. Entonces, compré una de esas pruebas de embarazo y dio positivo. Martin está tan emocionado.

–Me alegro mucho por los dos –dijo Cat.

–¿Y tú no tienes nada que contarme? –Claire sonrió.

–¿Disculpa? –Cat tardó unos segundos en comprender–. ¡Ah! ¡No! Sólo tengo un virus –mientras lo decía, sus ojos se clavaron en el calendario del escritorio. De repente, el corazón empezó a golpear el pecho con fuerza: la broma podría no serlo. Se le había retrasado la regla.

Todavía llovía cuando Cat salió del trabajo. Sólo tardaba quince minutos en llegar al metro, pero acabaría empapada. Estuvo tentada de llamar a un taxi, pero era viernes por la tarde y, con ese tiempo, tendría que esperar mucho. Además, de camino, quería pasar por la farmacia.

Cat respiró hondo y se subió el cuello del impermeable antes de echar a correr. La lluvia le golpeaba el rostro con fuerza. En pocos segundos tenía el pelo empapado.

Cruzó la calle y, no había avanzado mucho, cuando se dio cuenta de que un coche la seguía. Al girarse, vio que era la limusina de Nicholas.

—El señor Karamanlis me ha enviado a buscarla, señorita McKenzie. ¿Le parece bien?

—Es muy amable, pero si no le importa, no aceptaré —estuvo a punto de decirle al chófer que Nicholas ya sabía que no estaba disponible, pero se reprimió—. Tengo algunas compras que hacer.

—Puedo llevarla de compras. El señor Karamanlis dijo que la llevara adonde usted quisiera.

—¿Antes de llevarme a su hotel?

—Ésa era la idea más o menos —el chófer se encogió de hombros—, pero estoy a su disposición, señorita McKenzie y, si me lo permite, se está mojando ahí fuera. ¿Por qué no sube?

—De acuerdo —cedió ella tras dudar. ¡Qué demonios! Ya que el coche estaba allí…

Nicholas estaba sentado frente al escritorio en la suite del hotel. Tenía un montón de correspondencia que revisar, pero Cat llegaría enseguida y quería hablar con el detective privado antes, de modo que lo dejó todo a un lado y descolgó el teléfono.

—Keith, soy Nicholas Karamanlis —dijo sin más dilación—. ¿Hay algo que deba saber?

–No, señor Karamanlis, nada. He seguido a la señorita McKenzie tal y como me pidió. He estado atento a
las entradas y salidas de la oficina y el piso, pero no
tengo nada que decirle.

–¿No se ha reunido con su padre o con su hermano?

–Su padre sigue en viaje de negocios en Alemania.
Vuelve mañana. Su hermano parece mantenerse en un
segundo plano.

–¿Y qué pasa con el hombre de la foto?

–Nadie que se ajuste a su descripción ha hablado con
ella. Aparte de ir de compras el lunes por la tarde, lo único
que ha hecho la señorita en toda la semana es trabajar.
Cada mañana sale de su casa a las siete y vuelve por la
tarde, a las siete. No hace ninguna parada ni tiene visitas.

–De acuerdo –Nicholas tamborileó sobre la mesa
con los dedos.

–Bueno, salvo esta tarde… le pidió a su chófer que
parara en una farmacia.

–Eso no es que sea muy emocionante –dijo Nicholas
secamente–. Gracias Keith.

Nicholas colgó el teléfono y sacó una cajita del cajón. Faltaba un mes para el cumpleaños de Cat. El viaje
a Suiza no había podido llegar en peor momento. Incluso había pensado proponerle que se fuera con él,
pero ella hubiera dicho que no. Cat no paraba de insistir
en que el trabajo era lo primero en su vida, y no habría
sido inteligente por su parte llevársela con él. Cuanto
más intentaba atraerla, con más fuerza intentaba ella
alejarse. Por eso había decidido cambiar de táctica.
Pensó que si la dejaba sola una semana, ella reflexiona-
ría sobre su relación. La pasión entre ellos estaba al rojo
vivo. ¡Tenía que echarle de menos por fuerza!

Había sido arriesgado, tan cerca de su cumpleaños,
por lo que le había dado instrucciones claras al detective para que la siguiera de cerca y le informara de cualquier cosa que no fuera normal.

Aun así, al segundo día en Suiza, él se había despertado en medio de la noche bañado en sudor. Había soñado que Cat avanzaba por el pasillo de una iglesia hacia el altar. Llevaba un vestido blanco y estaba preciosa. Ella había levantado la vista, sonriente, pero la sonrisa no iba destinada a él, sino al hombre de la fotografía, y Nicholas se había despertado completamente aterrado.

Fue en ese instante cuando decidió que, por importante que fuera el viaje, había sido un idiota al marcharse a Suiza cuando tenía tanto que perder en Londres. Canceló el resto de su agenda y regresó de inmediato. Había controlado sus nervios y se había mantenido al margen unos días, mientras llamaba constantemente al detective. Pero aquel día no soportó más. Tenía que solucionar ese asunto. Aquella misma noche iba a declararse.

El anillo era un espectacular solitario, y él estaba seguro de que, nada más verlo, aceptaría. A fin de cuentas, casarse con él solucionaría todos sus problemas económicos. No sólo recibiría su herencia, sino un marido millonario, todo en el mismo lote. Como buena McKenzie, ella sería incapaz de resistirse. Hasta el día antes de la boda él no diría nada sobre el acuerdo prenupcial que quería firmar y, para entonces, ella no podría echarse atrás, so pena de perder la herencia.

Escuchó la puerta del ascensor abrirse y guardó el anillo en el bolsillo mientras se ponía en pie para recibirla, pero, para su sorpresa, el chófer estaba solo.

–¿Dónde está? –Nicholas miró dentro del ascensor.

–Señor Karamanlis, lo siento, pero la señorita McKenzie me pidió que la dejara en su casa. Me pidió que le diera las gracias por el coche y dijo que le llamaría mañana.

Nicholas se quedó aturdido durante unos segundos. Aunque Cat ya le había dicho por teléfono que no quería verlo aquella noche, él no la había tomado en serio.

–¿A qué juega? –Nicholas emitió el pensamiento en voz alta.

–No creo que juegue a nada, señor, estaba empapada y…

–Tengo que ir a su casa para aclarar esto –murmuró Nicholas con determinación.

Cat acababa de ducharse y ponerse una camiseta y unos pantalones cortos para dormir cuando sonó el timbre de la puerta. Contrariada, consultó el reloj. Eran casi las diez.

Sin quitar la cadena, abrió la puerta y se sorprendió al ver a Nicholas en el descansillo. Estaba muy atractivo con su traje oscuro y la camisa azul clara sin corbata.

–Hola –dijo ella mientras se preguntaba cómo podía parecer tan profesional y tan sexy a la vez.

–Hola –sonrió él–. ¿No vas a dejarme entrar?

–Por supuesto –Cat cerró la puerta para quitar la cadena mientras se recriminaba lo poco atractiva que estaba con esa ropa. Pero ya era demasiado tarde–. ¿Qué haces aquí, Nicholas?

–Quería verte. Creí haberlo dejado claro al enviarte a mi chófer.

–Y yo creía haber dejado claro que no me apetecía verte esta noche –dijo ella con un tono de irritación. ¡Él no era su dueño!

–Catherine –dijo él tras cerrar la puerta–. Han pasado cinco días. Creo que ya has tenido tiempo de descansar y estar dispuesta para mí.

–¿Disculpa? –ella apoyó una mano en la cadera y lo miró con ojos que echaban chispas–. Creo que lo mejor será que te marches.

–Casi había olvidado lo que me excita ese genio tuyo –él sonrió.

–Y yo casi había olvidado lo arrogante que eres.

Él sonrió y percibió la irritación en los verdes ojos. Después, se fijó en la camiseta que marcaba sus curvas y los pantalones que dejaban ver las largas y torneadas piernas. Estaba preciosa.

–Nicholas, yo…

La presión de los labios de él sobre su boca interrumpió la protesta. Fue un beso sorprendentemente tierno y, de inmediato, los recelos de ella empezaron a desvanecerse. Antes de darse cuenta, le estaba devolviendo el beso con la misma ternura.

Cat lo deseaba muchísimo, y lo había echado mucho de menos. Alargó una mano para acariciar el rostro que tanto adoraba.

–Eres tan hermosa –susurró él mientras las manos se abrían paso bajo la camiseta–. Lo echaba de menos –añadió mientras le besaba el cuello y acariciaba los pechos y los erectos pezones.

–Querrás decir que me has echabas de menos… a mí –dijo ella mientras lo miraba. Incluso en medio del delirio, se dio cuenta de que la frase no era del todo afortunada.

–Te he echado locamente de menos –murmuró él.

–Entonces, está bien –ella sonrió.

–Sí, lo está –dijo él mientras le quitaba la camiseta y la arrojaba al suelo.

Antes de que ella se diera cuenta, Nicholas la tomó en sus brazos y la llevó hasta el dormitorio.

Era la primera vez que hacían el amor en la cama de Cat y, en cierto modo, a ella le resultaba extraño hacerlo rodeada de todas sus cosas.

–No sé qué me haces –gruñó él mientras se arrancaba la chaqueta y se desabrochaba la camisa.

Ella sonrió. Si bien era cierto que Nicholas poseía un total control sobre ella, no lo era menos que ella también tenía un cierto control sobre él. La idea hizo que sintiera que todo iba a salir bien, que el indómito seductor podía ser seducido.

Una vez desnudo, él se unió a ella en la cómoda cama de matrimonio. Hacía cinco días que no le había hecho el amor, lo que parecía aumentar el placer, y Nicholas tuvo serias dificultades para controlarse. Cada sensual movimiento de las caderas de ella lo empujaba hacia el clímax y necesitó de todo su autocontrol para atormentarla un poco con la lengua y obligarla a susurrar su nombre. Únicamente cuando ella le suplicó que la aliviara, se lo permitió él también.

—Ha sido increíble —susurró él mientras le besaba una mejilla y ella sonreía perezosamente.

—Háblame de Suiza —murmuró ella mientras se acurrucaba más contra él.

—¿Suiza? ¿Por qué te interesa?

—Lo que me interesa es cómo has llenado los días desde la última vez que nos vimos.

—No hay mucho que decir —Nicholas se sintió ligeramente avergonzado por haberle mentido sobre el tiempo pasado allí—. Se trataba únicamente de negocios —mientras miraba al techo, él se preguntó qué demonios le sucedía.

—Algo tendrás que contar. ¿Nevaba? ¿Son guapas las mujeres?

—No, no nevaba, y las mujeres, pues, si soy sincero, no tuve mucho tiempo para fijarme en ellas.

Ella cerró los ojos. Durante toda la semana se lo había imaginado en compañía de mujeres sofisticadas y esplendorosas. Se lo había imaginado cenando con ellas, haciéndoles el amor. Casi se había vuelto loca. Y se odiaba por ser tan estúpida como para que le importara.

Pero le importaba. Le importaba todo lo concerniente a él.

—Bueno, pues si no tienes nada que contar sobre Suiza. Háblame de Creta.

–Ya sabes cómo es Creta, has estado allí –y tanto que había estado allí. El clan McKenzie había organizado toda una estafa en aquel lugar.

–Me refiero a cómo es el sitio donde vives. ¿Cómo es tu casa?

–¿Para qué quieres saberlo? –dijo él con una frialdad en la mirada que sobresaltó a Cat.

–Era simple curiosidad, pero no importa –ella se apartó de su lado.

–¿Por qué sientes curiosidad? –él la atrajo de nuevo hacia sí–. No sueles hacerme preguntas.

–No lo sé –ella permitió que la abrazara de nuevo. No solía preguntarle nada porque temía que, cuanto más supiera de él, más difícil sería ignorar el hecho de que estaba enamorada–. Será porque siempre te veo en el ambiente impersonal de tus suites de hotel.

–¿Y qué te parece si te llevo el fin de semana a mi casa de Creta? –sería el lugar ideal para declararse. Además, la alejaría de su padre que volvía al día siguiente.

–No seas bobo, Nicholas –ella se separó de él contrariada–. ¿Por qué ibas a hacer algo así?

–¿Tú qué crees? –él la miró maliciosamente mientras arqueaba una ceja.

–Para poder disfrutar de un fin de semana de sexo ininterrumpido –contestó ella secamente.

–Y además podrás echar una ojeada a la decoración –bromeó él.

–Muy gracioso –ella se dio media vuelta y recogió los pantalones cortos del suelo–. ¿Te apetece tomar algo?

De nuevo huía de él. Nicholas no lo entendía. Nunca había conocido una mujer tan apasionada y, al mismo tiempo, tan inaccesible.

–Ahora hace mucho calor en Creta, unos veintiocho grados. Podrás relajarte junto a la piscina y recargar las pilas –él la contempló con frustración al ver que no respondía a su tentadora oferta.

–En realidad, estoy ocupada este fin de semana.

–¿Haciendo qué?

–Ocupada, nada más –ella lo miró perpleja–. Ya sabes, tengo que ponerme al día con el trabajo –continuó mientras abría un cajón y sacaba otra camiseta–, pero gracias por la invitación. ¿Te apetece algo o no? Voy a calentar agua.

–Tomaré un café.

–De acuerdo –ella sonrió antes de salir del dormitorio y cerrar la puerta.

Nicholas tenía la mirada fija en el techo. «Estoy ocupada este fin de semana». Las palabras lo atormentaban. ¿Qué iba a hacer? ¿Reunirse con su padre? ¿Con el hombre de la foto?

Saltó de la cama y se vistió. Tenía que llevársela a Creta, y algo más que un fin de semana.

–Escucha, Cat, he estado pensando… –al entrar en el salón, se sorprendió al verla sentada en el sofá, con la cabeza entre las rodillas–. ¿Estás bien?

–Sí, estoy bien. Sólo un poco cansada. Esperaba a que hirviera el agua.

–No tienes buen aspecto –él se agachó frente a ella–. Estás muy pálida.

–No exageres, Nicholas. Estoy bien –ella lo empujó a un lado y se dirigió a la cocina–. Cuéntame qué estabas pensando –dijo, para evitar que siguiera hablando sobre ella.

A Cat le temblaban las manos mientras abría el tarro del café. Temía hacerlo porque, minutos antes, el aroma le había revuelto el estómago.

–¿Seguro que estás bien? –la voz de Nicholas sonaba muy lejana.

–Sí, sólo un poco cansada –insistió Cat.

–¿Quieres que prepare yo el café?

—Pues, sí, muchas gracias, Nicholas —dijo ella con alivio.

Cat entró en el cuarto de baño y cerró la puerta.

Era muy extraño. A ella siempre le había gustado el aroma del café. Al parecer, un embarazo podía afectar a esas cosas. Aunque, ¡ella no podía estar embarazada! Si bien era cierto que, en una ocasión habían hecho el amor sin protección, sólo había sido esa vez. No iba a tener tan mala suerte como para quedarse embarazada la primera vez que hacía el amor…

Abrió el armario del cuarto de baño y sacó el test de embarazo. Ya no podía aplazarlo por más tiempo… tenía que saber la verdad.

Nicholas puso el café sobre la mesa en el instante en que el móvil de Cat empezó a sonar. Lo recogió del sofá y miró la pantalla. La llamada era de su padre. De inmediato, apagó el teléfono y lo escondió debajo de unos cojines. Carter McKenzie podía irse al infierno.

—He pensado que podríamos pasar un fin de semana largo en Creta —dijo él cuando Cat apareció. Todavía estaba muy pálida–. Te vendría bien algo de descanso. Es cierto que pareces cansada.

—Sí. Creo que lo mejor es que te marches —dijo ella mientras pasaba una mano por su melena.

¿Había accedido a lo de Creta? ¿Le había escuchado siquiera? Él frunció el ceño. A lo mejor ya estaba pensando en la reunión con su padre… para hablar sobre el matrimonio de conveniencia.

—Tenemos que hablar —dijo él con firmeza.

—¿Sobre qué? —ella lo miró de manera extraña.

—Sobre lo de tomarte unos días libres la semana que viene.

—Hay demasiado trabajo en la oficina para pensar en días libres.

—Yo pensaba que trabajar en el contrato Karamanlis te daría total libertad para ausentarte de la oficina.

–Pero es que no trabajaríamos en el contrato –ella negó con la cabeza. No era capaz de pensar con coherencia en esos momentos.

–Sí que lo haríamos –susurró él–, entre otras cosas.

–Escucha, Nicholas –ella volvió a negar con la cabeza. Se estaba burlando de ella y eso no lo soportaba–, de verdad que no estoy de humor para eso ahora mismo.

¿No estaba de humor para el trabajo? Él la miró perplejo.

Cat se dio cuenta de la forma en que la miraba e intentó apartarse de él, pero Nicholas alargó una mano y la sujetó.

–¿Estás enferma?

–¡No! –ella intentó impedírselo, pero él la atrajo hacia sí y la obligó a mirarlo–. Estoy bien.

–Dedicas demasiadas horas a esa oficina.

La voz de Nicholas reflejaba sincera preocupación, y Cat lo miró a los ojos. Por supuesto no sería más que su imaginación. Tendría tiempo libre ese fin de semana y había pensado dedicarlo a hacer el amor.

–Ven conmigo a Creta el fin de semana, Catherine. Ya sé que dijiste que estabas ocupada, pero, sea lo que sea, ¿no puede esperar?

Ella no contestó, y él la atrajo más hacia sí. La sensación de estar en sus brazos era maravillosa, y ella cerró los ojos mientras intentaba desesperadamente decidir qué iba a hacer.

¿Cómo reaccionaría él si le decía que estaba embarazada? Seguramente la abandonaría de inmediato. Aunque, eso no lo sabía con certeza. Ni siquiera sabía con certeza cómo se sentía ella misma.

–Será divertido pasar unos días juntos –insistió él mientras le apartaba del rostro un mechón de rubios cabellos–. ¿No crees?

A lo mejor un fin de semana con él le ayudaría a decidir lo que debería hacer. En el peor de los casos, le permitiría recargar las pilas y reflexionar.

–Supongo que sí –contestó ella.

–Entonces mete un bikini en la maleta y mañana por la mañana te recojo, pronto, a las siete.

–¿Y hablaremos sobre el contrato? –ella apenas tenía fuerzas para discutir.

–El lunes hablaremos sobre el contrato –él sonrió.

–Tengo que estar de vuelta en la oficina el lunes.

–Ya veremos.

–No. En serio, tengo que estar de vuelta el lunes por la mañana.

–Duerme un poco, y te veré mañana temprano –él asintió mientras recogía su chaqueta.

Capítulo 12

LA CARRETERA vibraba bajo el ardiente sol y, a lo lejos, Cat vislumbró el mar azul. Aún no podía creerse que estuviera de vuelta en Creta, que estuviera embarazada, ni que estuviera allí junto a Nicholas Karamanlis. Sentada a su lado en el Jeep descapotable, su mente saltaba, al ritmo del coche, sobre la carretera llena de baches.

Todo sucedía demasiado deprisa, y ella no sabía qué pensar, aunque ya empezaba a lamentar haber accedido al viaje. En cuanto el avión privado aterrizó, una hora antes, los recuerdos de Creta habían invadido su mente.

–Aquí estamos. Éste es mi hogar –Nicholas dirigió el coche hacia una villa blanca que brillaba bajo el sol como una tarta nupcial de tres pisos. Dominaba un olivar que desembocaba en una impresionante playa de arenas blancas.

El camino hacia la casa estaba bordeado de adelfas rosas y los jardines eran exuberantes, gracias a un sistema de riego por aspersor. Las buganvillas rojas se retorcían sobre el garaje y la piscina de agua color turquesa, las hamacas y los parasoles eran una provocativa invitación.

–Este lugar es precioso –dijo Cat mientras se bajaba del coche.

–A mí me gusta –contestó él mientras la acompañaba hasta la puerta principal.

No se habían reparado en gastos. Los muebles eran exquisitos, pero, para sorpresa de Cat, también tenía un

aire hogareño con objetos cotidianos esparcidos por todas partes. Mientras seguía a Nicholas hacia el dormitorio principal, ella echó un vistazo a las fotos familiares
y se prometió estudiarlas más detenidamente.

Al igual que el resto de la casa, el dormitorio era lujoso, aunque lo que más llamaba la atención eran las es-
pléndidas vistas de la costa desde uno de los ventanales.

—Qué alegría ver que se ha conservado la costa —ella
abrió la puerta y salió al tórrido calor y el distante ru-
mor de las olas—. Hay tantos lugares pintorescos con-
vertidos en junglas de cemento, sin tener en cuenta la
belleza natural o la vida salvaje. No soporto cómo algunos constructores destruyen el medio ambiente en aras
del progreso.

—Yo tampoco —Nicholas la miró contrariado. Deseaba recordarle que su padre era una de esas personas,
pero se contuvo. ¿Acaso se mentía a sí misma? ¿Estaba
cegada por el amor a su familia? Y, de ser cierto lo último, ¿eso la convertía en una mala persona?

De repente, él se preguntó si no estaría buscando alguna excusa para justificar el comportamiento de ella.
Esa clase de dudas lo habían estado asaltando desde Venecia, y cada vez le costaba más considerarla como una
persona fría y calculadora.

—Creo que es hora de comer —dijo él tras recuperar el
control—. ¿Tienes hambre?

—Puede que un poco.

—Iré a la cocina a preparar algo. Ponte cómoda.

Cuando Nicholas abandonó el dormitorio, Cat se
quitó los vaqueros y se puso un bikini rojo con unos
pantalones cortos a juego y una camiseta blanca. Después, caminó descalza hasta la piscina para introducir
un pie en el agua azul turquesa y admirar el jardín. Al
volver a la casa vio a Nicholas en la cocina, al otro lado
de una puerta que se abría a la terraza.

Cat se apoyó contra el quicio de la puerta y lo observó sin que él se diera cuenta. Resultaba extraño verle en un entorno tan hogareño. Parecía relajado, y más atractivo que de costumbre.

–¿Necesitas ayuda? –preguntó ella tras verse descubierta.

–No. Sólo preparaba una ensalada.

–¿Sin la ayuda de un chef? –bromeó ella–. ¿Estás seguro de podértelas arreglar solito?

–Muy graciosa, Catherine –él sonrió–. En vez de burlarte de mí, haz algo útil. Entra aquí y atiende a algunos de mis caprichos.

–Eso suena interesante.

–Puede serlo –él la atrapó en sus brazos y la besó. Fue un beso duro, aunque íntimamente delicioso y, al mismo tiempo, empezó a quitarle la camiseta–. Bonito bikini –gruñó mientras el sonido del móvil les interrumpió–. ¡Maldita sea! Puede ser importante. Espero cerrar un trato este fin de semana.

–Entonces será mejor que contestes –Cat sonrió mientras se concentraba en terminar la ensalada que él había dejado a medias.

No pudo evitar escuchar en parte la conversación, en griego. Hablaban sobre donar dinero para la construcción de un nuevo orfanato. Ella recordó haberle escuchado hablar sobre lo mismo en otra ocasión, aunque había dudado de su traducción. Pero, en esa ocasión, estaba claro. Nicholas estaba implicado en alguna obra de caridad.

Para hacer algo así, había que ser buena persona y preocuparse por los demás, no sólo por ganar dinero.

–Me gusta tenerte en mi casa.

–¿En serio?

–Sí. Y se te da bien la cocina. Parece que sabes lo que haces con ese colador.

–Me estás devolviendo la broma de antes –rió ella.

–Pero hablo en serio cuando digo que me gusta tenerte aquí.

–Lo que te gusta es tenerme sin más –ella intentaba parecer frívola, pero la mano de él se apoyaba en su estómago, y despertaba toda clase de emociones.

Ella se permitió soñar despierta durante un segundo e imaginarse que ya le había contado lo del bebé y que él estaba encantado y emocionado, y que se iban a preparar juntos para su llegada, y que serían una familia.

Ella deseaba a ese bebé. Se había dado cuenta de repente. La respuesta emocional a la ternura de Nicholas hizo que los ojos se le inundaran de lágrimas.

Y también deseaba a Nicholas. Ella se había mostrado recelosa. Temía confiar en él porque la experiencia le había enseñado que los hombres siempre defraudaban, pero a lo mejor no había sido justa con Nicholas. Tendría que haberse permitido dar rienda suelta a los sentimientos, porque se había enamorado de él. Por mucho que intentara luchar contra ello, la verdad era indiscutible. Por eso había sido incapaz de cortar con él. Por eso estaba ahí… llorando.

Intentó reprimir las lágrimas. La emotividad no serviría de nada. Quizás debería contarle lo del bebé para ver qué sucedía.

–Lo siento –dijo él cuando el móvil volvió a sonar.

–No pasa nada –contestó ella–. Yo me he venido sin mi móvil porque no lo encontraba esta mañana. Y puede que sea lo mejor.

–Sí. No son más que un estorbo –dijo él mientras contestaba la llamada y salía de la cocina.

Cat puso la mesa en la terraza y se sentó a esperarlo. Los minutos pasaban, y ella empezó a picotear unas aceitunas mientras se servía un vaso de agua helada y pensaba en cómo darle la noticia. «Nicholas, tengo algo que decirte». No, mejor algo más directo. «Nicholas, estoy embarazada y voy a tener el bebé. Si tú no lo quieres, no pasa nada… me las arreglaré sola».

Se las arreglaría sola… de algún modo, pero no quería hacerlo. No era una cuestión de dinero, era mucho más. Ella ansiaba esa intimidad que habían compartido minutos antes en la cocina. No habían sido más que unos instantes, pero muy clarificadores. Ella ya no quería ser una isla. No quería desconfiar de él. La vida podía ser mucho mejor.

¿De qué hablaría Nicholas? La impaciencia pudo con ella y se levantó para ir en su busca. Oía su voz, como de costumbre, hablando en griego.

–Sea o no con el dinero de la herencia, voy a financiar ese orfanato.

Las palabras hicieron que Cat se parara en seco. ¿Por qué hablaba Nicholas de una herencia? ¡No podía estar hablando de *su* herencia! ¿O sí? La confusión la invadía.

–Sólo quiero dejarlo claro –continuó Nicholas–. El tiempo es vital. Necesito que todo esté listo para finales de este mes.

Pronto sería el cumpleaños de Cat y las palabras de Nicholas le recordaron a su padre y su hermanastro. De repente, el frío del suelo de baldosas se apoderó de ella. ¿Conocía Nicholas a su familia? ¿Estaba compinchado con ellos para conseguir la herencia? No sería la primera vez que su hermano intentaba algo así.

¿Por qué participaría un archimillonario como Nicholas en algo así? Él no necesitaba el dinero. No tenía sentido.

Tenía que haberse equivocado. Tenía que haber otra explicación. A lo mejor no entendía el griego tan bien como creía. Cat se puso en marcha de nuevo y encontró a Nicholas tras el escritorio de una habitación llena de libros.

–No, Demetrius, no voy a arriesgarme, de modo que aún quiero que me envíes el acuerdo prenupcial –él sonrió a Cat mientras continuaba con la conversación. Resultaba evidente que daba por hecho que ella no entendía griego.

—Ya te lo he dicho. Quiero casarme con ella enseguida… preferiblemente antes de fin de mes.

La frase no encerraba ninguna ambigüedad, y Cat sintió que el frío en su interior se transformaba en ira. No entendía del todo lo que sucedía, pero estaba claro que Nicholas le había preparado alguna clase de trampa. La estaba utilizando… la había engañado. Era igual que los demás hombres de su vida. De repente, se sintió enferma.

—De acuerdo, Demetrius, tengo que colgar. Te llamaré más tarde —se despidió Nicholas—. Siento haber tardado tanto, Catherine —dijo tras cambiar de idioma con tremenda facilidad.

Ella no contestó. Su cerebro trabajaba a toda prisa para buscar una salida.

—¿Estás bien? Pareces un poco pálida.

—Sí, Nicholas —contestó ella secamente—. Estoy bien —lo último que le faltaba era que fingiera preocuparse por ella.

—Bien, entonces relajémonos y comamos algo…

—¿No preferirías pedírmelo ahora?

—¿Pedirte ahora el qué?

—Pues que me case contigo, así podremos terminar con ello de una vez.

—¿Qué te hace pensar que voy a pedirte que te cases conmigo? —preguntó él, mientras se reclinaba en el asiento, tras unos segundos de tenso silencio.

—¿Y qué te hace pensar a ti que yo no entiendo griego? —dijo ella en ese idioma mientras la mirada de Nicholas se ensombrecía.

—No sabía que hablaras griego —dijo él al fin.

—Pues bastante bien, por cierto —dijo en tono cáustico—, pero ahora no hablo del idioma griego, sino del idioma de la traición. Supongo que estás en esto con mi padre y mi hermano —la voz de ella reflejaba un profundo dolor. Tenía ganas de llorar, pero no iba a hacerlo delante de él. Lo odiaba, lo odiaba con una ferocidad que jamás había experimentado. Tenía ganas de golpearlo, pero se limitó a quedarse de pie, con los puños a los lados.

–¿Por qué iba a estar metido en nada con tu padre y tu hermano? –él frunció el ceño.

–Debes de pensar que soy idiota.

–Ni por un momento se me ha ocurrido pensarlo, Catherine. Y te aseguro que no estoy metido…

–No te molestes en inventarte alguna mentira para salir de ésta, Nicholas. Reconozco el parecido. Eres igual que ellos. Toda mi vida he soportado sus engaños y mentiras, y que me utilicen para conseguir, sobre todo, dinero. He soportado sus calculadoras maquinaciones. He intentado solucionar los tremendos fraudes que han organizado. ¡Incluso estuve aquí el año pasado para devolver el dinero que les habían robado a personas inocentes! –estalló ella.

–No tenía ni idea… –algo cambió en la oscura mirada de Nicholas.

–Por el amor de Dios, Nicholas, déjalo ya –interrumpió ella–. Y yo que empezaba a pensar que eras diferente. No puedo creerme que no lo haya visto venir, porque eres igual que ellos.

–No soy como ellos –protestó Nicholas.

–Bueno, por lo menos ya no intentas fingir que no los conoces.

El desprecio en la voz de Cat fue como una bofetada para él y, de repente, Nicholas se sintió profundamente arrepentido por haberse empeñado en creer que ella era igual que su familia. Su error se hizo patente ante sus ojos.

–Lo que no entiendo –continuó ella con voz más tranquila, pero también con un profundo dolor que se reflejaba en la mirada–, es por qué… no necesitas el dinero, pero me has utilizado como, como una especie de peón en un juego.

La idea de que la había juzgado mal, y le había hecho daño, fue casi insoportable para Nicholas, que se puso en pie. Necesitaba abrazarla. Necesitaba explicarle que había malinterpretado la conversación que había escuchado. Decirle que, si bien su relación se había iniciado dentro de un plan de venganza, sus sentimientos por ella habían cambiado y eran mucho más profundos. ¡Necesitaba hacerle entender que la amaba!

—Catherine, tenemos que aclararlo.

—¡Yo no lo creo! —la ira volvió a dominarla y, ciegamente, arrojó de un manotazo todos los papeles que había sobre el escritorio. Todo cayó a sus pies y, entre los papeles vio unas fotografías de ella, fotografías tomadas mientras iba de compras, mientras entraba en su oficina...

Cat se inclinó y, con manos temblorosas, recogió una de ellas. Se la veía tomando café con una compañera de trabajo, hacía casi seis meses, sin duda antes de que conociera a Nicholas.

—¡Bastardo! —susurró ella—. Me investigaste mientras urdíais vuestro plan, ¿o fue Michael? Es una de sus especialidades. Lleva años martilleándome con tácticas como ésta para que me case.

—Catherine, no estoy compinchado con tu familia —dijo él mientras se acercaba lentamente.

—Aléjate de mí —dijo ella mientras reculaba hacia la puerta.

—Deja que te lo explique.

—¿Explicar el qué? ¿Cómo me sedujiste para conseguir el dinero McKenzie? ¿En qué pensabas mientras me hacías el amor? ¿Cerrabas los ojos y soñabas con engañarme para que pusiera el dinero de mi herencia en una cuenta conjunta tras la boda?

—No, no pensaba en eso.

—De todos modos, no me importa —ella no había creído las palabras de Nicholas y lo miró furiosa—. Hacer el amor no significó nada para mí… tú no significas nada para mí.

Era mentira. Incluso mientras lo miraba con odio, su corazón se retorcía de deseo. Las lágrimas afloraban a sus ojos, y ella intentó pararlas, furiosa consigo misma.

—Supongo que pensaste en declararte aquí con la esperanza de que la belleza del lugar actuara como una cortina de humo y disimulara el hecho de que no sientes nada por mí. Pues no habría funcionado —ella casi le escupió las palabras—, porque mi respuesta habría sido «no». Jamás me casaría contigo. Jamás.

—Catherine, vamos a calmarnos y hablemos —la voz de él era tranquila y racional y, en cierto modo, sólo sirvió para empeorarlo todo.

Él no necesitaba calmarse, porque ya lo estaba, porque le importaba un bledo.

—Vete al infierno, Nicholas —ella se dio la vuelta y se dirigió a la puerta principal.

—¿Adónde vas?

Cat fue vagamente consciente de la voz de Nicholas que la llamaba, pero lo ignoró y salió por la puerta. No tenía ni idea de adónde ir. Lo único que sabía era que tenía que alejarse de él antes de desmoronarse. Había sido lo bastante idiota como para entregarle su corazón, pero no le entregaría el orgullo que aún le quedaba.

El sol caía a plomo desde el cielo azul. El único sonido era el de las olas del mar y el insistente murmullo de las cigarras. Iba descalza y no llevaba más que el bikini y los pantalones cortos. Pero no le importaba. El asfalto le quemaba los pies y decidió caminar por la hierba.

El sonido de un coche que la seguía hizo que echara a correr. De repente, se torció un pie y cayó al suelo. Cat se quedó sin aliento. Incapaz de moverse.

—Catherine, ¿estás bien? —la puerta del coche se cerró de un portazo y, segundos después, Nicholas estaba agachado a su lado—. ¿Te has hecho daño?

–Márchate –ella se frotó el tobillo con los ojos inundados de lágrimas que le impedían verlo a él.

–Venga, volvamos a casa –él le tocó un hombro, y ella dio un respingo.

–Déjame tranquila, Nicholas.

–Sé que estás enfadada conmigo. Y tienes derecho a estarlo –dijo él con voz suave–, pero no puedo dejarte aquí. Te has lastimado y estás a kilómetros del pueblo más cercano.

Ella se mordió el labio.

–Deja que te lleve a casa y lo solucionaremos. Hablaremos y…

–No hay solución para esto, Nicholas –ella lo miró con gran dolor–. No soy uno de tus negocios que haya salido mal.

–Si te sirve de consuelo, jamás te consideré un negocio.

–Tienes razón, no me sirve de consuelo. Y no quiero volver a tu casa. No volvería allí aunque fuera el último edificio que quedara en pie.

Cat intentó levantarse, pero, de repente, el mundo pareció tambalearse.

–Nicholas… –presa del pánico, susurró su nombre antes de que no hubiera más que oscuridad.

Capítulo 13

LA VOZ de Nicholas parecía llegar de muy lejos. Cat abrió los ojos y se encontró en sus brazos.

–Catherine, ¿estás bien? Háblame –él le acarició una mejilla, y ella reculó instantáneamente ante el contacto–. Te has desmayado.

–Ya sé que me he desmayado. Aléjate de mí.

Él la ignoró por completo y la tomó en sus brazos para llevarla hasta el coche.

–¡Déjame en el suelo, Nicholas! –aunque estaba furiosa con él, se sentía demasiado débil para luchar y no tuvo más remedio que dejarse llevar–. No quiero volver a tu casa.

–No te llevo a mi casa.

Cat fue ligeramente consciente de estar sentada en el asiento del acompañante, pero era como si todo aquello le sucediera a otra persona. Sólo quería cerrar los ojos y dormirse.

–¿Dónde estamos? –ella abrió los ojos al sentir que el coche se detenía junto a una casa blanca con las persianas azules bajadas.

–Es la casa de mi prima. Es médico. Te echará un vistazo.

–¡No quiero que me echen un vistazo! –ella sentía ira y pánico en la misma medida–. Escucha, Nicholas, llévame al aeropuerto. Quiero irme a casa.

Él ignoró su solicitud y la sacó en brazos del coche. Una vez más, ella no tuvo más remedio que dejarse llevar hasta la puerta principal.

El interior de la casa era oscuro y fresco. Una mujer apareció y empezó a hablar rápidamente en griego. Nicholas le explicó que Cat era una amiga, y que se había caído y desmayado.

¡Una amiga! La afirmación se clavó en el alma de Cat y le puso aún más furiosa.

No eran amigos. Ni siquiera eran amantes. Nicholas la había utilizado. Él era un enemigo, un enemigo calculador y traicionero que se había abierto paso en el sistema defensivo de Cat.

–Quiero que me sueltes –ella lo empujó por los hombros en un esfuerzo inútil.

–Todo a su debido tiempo.

–Tiéndela sobre el sofá, Nicholas –ordenó la mujer–. Después puedes marcharte.

–¿Catherine? –la mujer se inclinó sobre ella y le habló con voz dulce y relajante–. Catherine, me llamo Sophia Karamanlis. Soy médico. ¿Te golpeaste la cabeza al caer?

–No. Y de verdad que estoy bien –Cat intentó incorporarse, pero la habitación empezó a girar.

–Creo que deberías permanecer tumbada, Catherine –Sophia apoyó una mano fría sobre la frente de ella y luego comprobó el pulso–. Tienes el pulso acelerado.

–No me sorprende –murmuró Cat–. Nicholas es capaz de acelerarle el pulso a cualquiera.

–Quédate tumbada –Sophia rió–. Traeré mi maletín.

–Quiero que te marches –dijo Cat mientras miraba fijamente a Nicholas–. No te quiero aquí.

–No me iré a ninguna parte hasta que me asegure de que estás bien.

–Se acabó, Nicholas –dijo ella con tranquilidad–. Te ha salido mal la jugada. Te sugiero que te marches con tu falsa preocupación y que informes a mi familia de que tus planes han salido mal.

–Catherine, no estoy compinchado con tu familia.

–No te creo –ella lo miró impasible–. De todos modos, podrías estarlo. Eres tan frío como ellos.

Durante un fugaz instante, a ella le pareció ver una expresión de dolor en el rostro de él.

–No quise hacerte daño.

–No. Sólo querías utilizarme, robar el dinero McKenzie como ellos…

–Yo no necesito tu dinero, Catherine.

–Pues eso te hace peor que ellos –la voz de Cat temblaba–, y eso es caer muy bajo, créeme –tras un prolongado silencio, ella continuó–: Mi padre es un tramposo y un mentiroso, y nunca me ha querido de verdad. Mi hermanastro es aún peor. De modo que no sé en qué te convierte eso a ti.

–Catherine, ¿por qué no me lo contaste antes? –él se acercó y se agachó junto a ella.

–¿Y por qué iba a tener que contártelo? –espetó ella–. Además, ¿a quién le gustaría tener que admitir que tiene una familia así?

–Catherine, lo siento muchísimo –él alargó una mano hacia ella, pero Cat dio un respingo.

–Quiero que te marches.

–Necesito explicarte… No iba a quedarme el dinero. Lo iba a destinar a un orfanato…

–No me importan tus planes. No quiero escuchar tus explicaciones.

–Pero necesito explicarte…

–Déjame en paz –ella alzó la voz–. No quiero oír tus excusas.

–Nicholas, será mejor que te marches –la voz de Sophia les interrumpió–. Estás alterando a Catherine, y no lo puedo permitir. Necesita descansar.

–Esperaré en la habitación de al lado –Nicholas dudó durante un segundo, y Cat temió que fuera a iniciar una discusión.

–No. Creo que lo mejor será que vuelvas a casa –insistió Sophia–. Catherine no quiere verte por aquí. Si te necesitamos, ya te llamaremos.

Normalmente, Nicholas no hubiese aceptado que le echaran, pero, para sorpresa de Cat, él asintió y salió de la habitación tras mirarla de reojo por última vez.

Mientras Sophia le tomaba la tensión a Cat, escucharon el sonido de Jeep que se alejaba.

–¿Te sientes mejor ahora? –preguntó Sophia con voz dulce.

Cat asintió y se mordió el labio mientras las lágrimas inundaban sus ojos.

–Es evidente que mi primo te ha hecho mucho daño, Catherine –dijo Sophia–. Y por eso mismo no es merecedor de tus lágrimas, aunque sea tan atractivo como el mismísimo diablo.

–Sí –Catherine sonrió tímidamente–. Es que… no puedo creerme que me haya equivocado tanto. Me ha utilizado.

–Sé que no es ninguna excusa –Sophia frunció el ceño–, pero a veces pienso que Nicholas tiene problemas para confiar en las mujeres. Desde su divorcio ha evitado toda relación profunda. Creo que tiene miedo de ser lastimado de nuevo.

–¿Miedo? –Cat rió amargamente–. No creo que Nicholas tenga miedo de nada.

–Ya sé que ésa es la impresión que da –Sophia se encogió de hombros–, pero, lo creas o no, ha sufrido mucho en la vida. Nunca ha dado las cosas por hecho, como yo.

–¿A qué te refieres?

–Bueno, por ejemplo, yo siempre he dado por hecho el amor incondicional de mi familia, pero él no. Creo que, en el fondo, siempre ha tenido miedo de que le arrebataran el amor. La dura coraza exterior que le gusta mostrar al mundo no es más que una fachada.

–Tienes razón. No te creo –dijo Cat mientras se sonrojaba al ver la mirada inquisitiva que le dedicaba Sophia–. Ya sé que es tu primo, pero… es que…

–Es que te ha hecho daño y tú lo amas –Sophia terminó la frase por ella.

–¡No! Lo odio.

–Tu tensión estaba ligeramente alta –Sophia sonrió–, hasta que te hice la pregunta, después, casi se sale de la escala. Intenta relajarte, Catherine, y cuéntame, ¿sabes por qué te desmayaste?

–No. Hacía mucho calor, y yo iba corriendo –ella se encogió de hombros–. Últimamente no como muy bien. No paro de vomitar.

–¿Estás embarazada?

Cat se sonrojó ante la pregunta tan directa. Hubo un largo silencio, pero ella no contestó.

–Soy médico, Catherine. Cualquier cosa que me digas será confidencial.

Cat dudó unos instantes, antes de asentir.

–Si vomitas mucho, estarás deshidratada y con los niveles de azúcar en sangre muy bajos. Si le sumamos el calor, eso explicaría tu desmayo. Lo que necesitas es mucho líquido y descansar.

–Quiero volver a Londres, pero mi pasaporte y el resto de mis cosas están en casa de Nicholas.

–No creo que estés en condiciones de viajar hoy.

–¡No puedo volver a casa de Nicholas! –la voz de Cat reflejaba pánico.

–No te preocupes. Puedes quedarte aquí. Tengo una habitación libre.

–No puedo imponerte mi presencia.

–¿Por qué no? –Sophia sonrió–. Yo diría que es lo menos que puedo hacer después de que mi primo te haya alterado tanto. Ahora, le echaremos un vistazo al tobillo.

Cat observó a Sophia mientras le examinaba el pie. Le gustaba la sinceridad, y amabilidad, de esa mujer.

Resultaba relajante. Seguramente tendría unos diez años más que Nicholas, pero era increíblemente atractiva con su brillante pelo negro y sus oscuros ojos enmarcados por arrugas.

–No creo que tengas nada roto, sólo es una torcedura –declaró ella al fin–. Te traeré algo de beber y prepararé tu habitación y, cuando estés lista, prepararé algo de comer.

El sonido de las risas infantiles despertó a Cat. Desde el oscuro y fresco dormitorio, ella les escuchaba jugar en el jardín delantero.

A lo lejos sonaba la campana de una iglesia. Era domingo por la mañana, y ella estaba sorprendida de haber dormido toda la noche del tirón.

Su mente volvió al día anterior y al descubrimiento del engaño de Nicholas y, una vez más, sus ojos se llenaron de lágrimas. Él le había asegurado que no estaba compinchado con su familia, pero ella no sabía si creerlo o no. No comprendía por qué la había traicionado. Apresuradamente, se enjugó las lágrimas. Eran las hormonas las que le hacían llorar. No le importaban los motivos de Nicholas, lo único que importaba era que ella lo había descubierto.

Cat echó las sábanas a un lado y alargó una mano hacia la ropa que Sophia le había prestado. Mientras se abrochaba la falda larga, su mano descansó sobre el estómago y volvió a recordar cómo Nicholas la había abrazado y cómo ella se había permitido soñar con una familia.

Era una locura pensar así. No tenía ninguna intención de hablarle a Nicholas sobre el bebé. ¿Qué sentido tenía? Ella no lo quería en su vida, y él no la quería a ella. Seguramente sentiría horror al descubrirlo y le exigiría que abortara. Un bebé no figuraba en los planes de un hombre que la había engañado tan cruelmente, un hombre al que ella le importaba tan poco.

De repente, sus ojos volvieron a inundarse de lágrimas. Él podía irse al infierno, porque ella se alegraba de estar embarazada. Deseaba a ese hijo y bastaría con un progenitor amante. Le daría al bebé todo el amor y apoyo que le había faltado en su propia vida… pero sin un hombre.

El sonido de un coche hizo que corriera hasta la ventana.

Al asomarse al deslumbrante sol de la mañana, vio a Nicholas, alto y atractivo, bajarse del coche. Al momento, el corazón de Cat sufrió una dolorosa punzada.

Las dos hijas de Sophia corrieron a recibirlo y gritaron de alegría cuando él las tomó en brazos y las levantó por los aires. Las niñas pedían más a gritos.

—Ahora no, chicas —su voz llegó claramente hasta la ventana—. He venido a ver a Catherine. ¿Qué tal se encuentra hoy?

—Bien, pero mamá dice que no debemos molestarla.

—¿En serio? —Nicholas miró hacia arriba y, de repente, sus miradas se fundieron y fue como si una corriente eléctrica hubiera pasado entre ellos.

Cat dejó caer la cortina y se separó de la ventana con el corazón acelerado. Apresuradamente se dirigió al cuarto de baño, justo en el instante en que Sophia subía las escaleras a la carrera.

—Nicholas está aquí —susurró Sophia—. ¿Qué quieres que le diga?

—Dile que no puedo verlo —imploró Cat—. No puedo enfrentarme a él, Sophia.

—De acuerdo, pero puede que no acepte un «no» por respuesta. Ya ha llamado tres veces y…

—Y tienes razón, no aceptaré un «no» por respuesta —la voz de Nicholas interrumpió la conversación. Subía las escaleras con una mirada de determinación en su atractivo rostro.

–Nicholas, no quiero hablar contigo –Cat retrocedió instintivamente. Su mirada buscó angustiosamente a Sophia, pero ya era demasiado tarde. Nicholas pasó por delante de su prima.

–Déjanos solos, Sophia –exigió tajantemente–. Tenemos cosas que solucionar –sin decir más, Nicholas entró en el dormitorio y cerró la puerta tras él.

–Nicholas, no creo que tengamos nada más que decirnos. Lo único que te pido es que me des mi pasaporte para que pueda volver a casa –la voz de Cat sonaba fría y relajada, aunque por dentro el corazón se moría de tristeza, por un anhelo que jamás podría ser, con una furia incandescente.

–No vas a ir a ninguna parte hasta que me hayas escuchado.

–¿Cómo te atreves a venir aquí y darme órdenes como si te debiese algo? –ella se cruzó, instintivamente, de brazos mientras él se acercaba un poco más–. No te debo nada.

–Pues yo sí te debo algo a ti –susurró él–. Te debo una disculpa. Lo siento, Catherine, te hice daño. Lo siento de veras.

–Lo único que sientes es que te he descubierto y que no tendrás la herencia McKenzie.

–Nunca fue una cuestión de dinero –dijo él.

–¿Y de qué si no, Nicholas?

–Fue por venganza, porque tu padre me estafó en un negocio. Mintió y me engañó de la peor manera y casi consiguió arruinar mi reputación.

–¿Y decidiste acostarte conmigo para vengarte? –el corazón de Cat golpeaba violentamente contra el pecho.

–Cuando descubrí lo de tu herencia, me pareció la mejor manera de vengarme. Sabía que tu padre quería ese dinero y, sí, admito que, al principio, no tuve ningún reparo en utilizarte para llegar hasta él –Nicholas alargó una mano hacia ella.

–Aléjate de mí –ella dio un paso atrás, mientras lo miraba con los ojos llenos de ira.

–Pensaba que eras igual que ellos –continuó él–. Pensaba que estabas metida en sus sucias estafas. Sobre todo, pensé que habías colaborado en la estafa perpetrada aquí, en Creta. Las fotos del detective privado parecían apoyar esa idea.

–Pues tu detective se equivocó –rugió ella–. Es más, no podía estar más equivocado. A mí me estafaron, al igual que a esas personas de Creta. Le entregué dinero, de buena fe, a Michael para lo que yo pensaba era un negocio decente. Y él lo utilizó para cometer un fraude. Cuando lo descubrí, el daño ya estaba hecho.

–Pero avalaste a tu hermano –insistió Nicholas.

–No. Lo que hice fue devolverle a esa gente lo que les había robado, y eso es muy distinto.

–Sí, y ahora me doy cuenta de que me he equivocado contigo. Lo siento, Catherine –él la miró fijamente a los ojos–. De verdad que lo siento desde lo más profundo de mi corazón.

–Tú no tienes corazón.

–Ahí te equivocas –dijo él lentamente–. El problema fue que no confié lo suficiente en él como para escucharlo.

–No intentes adularme, Nicholas, porque no va a funcionar. He conocido otros hombres como tú. Mi hermano me involucró con uno, sin que yo lo supiera. Conocí a alguien de quien yo creía que desconocía mis antecedentes y que me amaba. Llevábamos seis meses juntos y empezaba a confiar en él, y a desarrollar sentimientos hacia él, y entonces descubro que todo había sido una trampa organizada para que mi familia pudiera apoderarse del dinero McKenzie. ¿Tienes idea de la maldición que supone esa herencia? ¿Sabes lo que se

siente cuando las personas te mienten y te juran sentimientos que no tienen, únicamente para conseguir el dinero?

–Pues da la casualidad de que sí lo sé –la voz de Nicholas era sombría, y le recordó a Cat las palabras de
Sophia sobre la dificultad que tenía para confiar en otras
mujeres tras el divorcio.

–En ese caso deberías haber pensado un poco más en
mis sentimientos –contestó ella.

–Yo nunca te dije que te amara, Catherine.

–¿Y qué pensabas decirme cuando te declarases?
–Cat palideció y sus ojos echaban chispas–. ¿Vente conmigo para disfrutar eternamente del sexo salvaje?

–No sé lo que iba a decirte –él hizo una mueca–.
Pero, para serte sincero, cuando estabas en mis brazos,
lo último en lo que pensaba era en venganzas.

–Mentiroso.

–Es la verdad, Catherine. Empecé a sentir por ti cosas que no quería sentir… y empecé a dudar de mis mo-
tivaciones.

–Pero, aun así, ibas a continuar con tu pequeño plan
de venganza, hasta que te descubrí.

–Admito que iba a pedirte que te casaras conmigo.
Pero, ya no tenía tan claro el hacerlo como venganza.

–A mí no me pareció que tuvieras dudas. ¿Por qué si
no ibas a pedirme que me casara contigo, si no era para
conseguir el dinero?

–Eso es lo que yo no dejaba de preguntarme –él la
miró a los ojos–, y me empeñaba en ignorar la respuesta
porque, sinceramente, me aterraba.

–No me creo que tuvieras dudas –Cat lo miró mientras intentaba asimilar lo que él decía–. Por teléfono,
hablabas de un acuerdo prenupcial.

–Sí. Hice que mi abogado lo redactara por seguridad. No estaba seguro de poder confiar en mis sentimientos hacia ti. Admito que, tras un primer matrimo-

nio fallido, me convertí en cínico y desconfiado, y eso me hizo dudar de ti. Pero de lo que estaba seguro era de que te deseaba. Todavía te deseo –dijo él con voz ronca–. Y ahora sé que me equivoqué al pensar que podrías ser como tu familia.

–Tengo que darte un diez sobre diez por tu habilidad oratoria para salir de una situación comprometida –ella estaba furiosa–. Supongo que por eso eres millonario. Eres capaz de persuadir a cualquiera de que los burros vuelan.

–Eso espero, porque te estoy pidiendo que te cases conmigo y deseo fervientemente que aceptes.

–Debes de pensar que soy estúpida –la voz de Cat temblaba–. No me casaría contigo aunque fueras el último hombre sobre la tierra.

–Te pido que te cases conmigo porque quiero que formes parte de mi vida, Catherine. Me he enamorado de ti. La propuesta no tiene nada que ver con la venganza –continuó él.

–No me puedo creer que tengas el valor de seguir adelante con la mentira –Cat negó con la cabeza.

–No te miento. No quiero tener nada que ver con la herencia McKenzie, Catherine, tienes que creerme. Sinceramente, para mí no sería más que calderilla.

Cat se volvió hacia la ventana, con los ojos inundados de lágrimas. No quería que él la viera llorar.

–Me he portado muy mal contigo, pero quiero que sepas que únicamente soy culpable de no haber tenido el valor suficiente para escuchar a mi corazón. Te amo, Cat, por favor créeme.

Ella seguía sin contestar. No podía. La emoción la ahogaba.

–Confío plenamente en ti –continuó él–. Rompí el acuerdo prenupcial nada más recibirlo esta mañana. Todo lo que tengo es tuyo.

–No quiero nada tuyo.

–Cat, por favor, perdóname.

Ella negó con la cabeza, todavía de espaldas a él.

–¿Ves toda esa tierra ahí fuera? –preguntó Nicholas mientras se acercaba a la ventana.

Entre lágrimas, ella vio un campo verde, plagado de olivos y limoneros, contra el azul del mar.

–Esa tierra lo es todo para la gente de este pueblo. Lo era todo para la familia que me adoptó. Ellos confiaron en mí para que la salvara. Y yo, a cambio, confié en tu padre como socio en un negocio. Pero él rompió el trato. Me marché de viaje y, cuando volví, había destrozado la tierra. Los árboles centenarios que habían sido amorosamente cuidados durante generaciones habían sido arrancados, y todo un medio de vida estaba amenazado por las máquinas y los constructores. Las personas que siempre me habían tratado con respeto y amor me miraron, una vez más, como a un extraño.

–Lo siento, Nicholas –Cat se enjugó las lágrimas–. Mi padre no es un hombre de fiar. Yo misma aprendí la lección hace tiempo. A mí también me hizo daño.

–Ahora me doy cuenta de ello.

–Al menos tú pudiste arreglar las cosas… el campo parece intacto.

–Sí, pero no conseguí hacerlo antes de la muerte de mi padre adoptivo. Él no vivió lo suficiente para ver cuánto lo sentí. Se murió pensando que lo había defraudado, y eso era lo último que hubiera querido hacerle. Esta familia me lo dio todo, y no sólo hablo de dinero, hablo de las cosas importantes de la vida, como el amor y el respeto. Estaba en deuda con él.

Cat recordó las palabras de Sophia el día anterior sobre el hecho de que Nicholas no daba por hecho el amor de su familia y que, en el fondo, siempre vivía con miedo de que se lo arrebataran, y que esa dura coraza exterior que mostraba al mundo no era más que una fachada.

–No sabía que fueras adoptado –Cat empezó a comprender mejor algunos aspectos del carácter de Nicholas. Para él habría sido muy duro pensar que había defraudado a quienes lo acogieron.

–Eso no es relevante.

–Pues claro que lo es –ella se frotó una mejilla y se volvió para mirarlo de frente–. ¿Por eso vas a donar dinero a un orfanato? ¿Cuánto tiempo viviste en uno de ellos?

–¡Eso no tiene importancia!

–Siento que mi padre te hiciera tanto daño –Cat percibió la arrogancia en la mirada de Nicholas. Era evidente que sentía inseguridades que ocultaba muy bien. A lo mejor no era tan diferente de ella. Ambos habían sufrido en su infancia y de adultos.

–No es culpa tuya –dijo Nicholas, emocionado por el tono de voz de Cat–. Nunca lo fue.

–Me avergüenzo de mi familia.

–Y yo me avergüenzo de mí mismo.

–Y haces bien –un destello de humor asomó entre el dolor que reflejaba la mirada de ella–. Podemos declararlo un empate.

–Eso es más de lo que me merezco –él se sentía incómodo.

–Cierto –ella sonrió–, pero no es bueno aferrarse a la ira. Tenemos que seguir con nuestras vidas.

Él no podía creerse que hubiera dudado de la integridad de esa mujer. Su familia le había hecho sufrir mucho y era imperdonable que él hubiese aumentado ese sufrimiento.

–De todos modos, necesito volver a Londres, de modo que, si me devuelves el pasaporte…

–Cat, no quiero que te marches –dijo Nicholas–. Soy consciente de que necesitarás mucho tiempo para volver a confiar en mí, pero estoy dispuesto a intentarlo. Lo que dije es cierto. Te amo y quiero que estemos juntos. Sin secretos. Sólo los dos, conociéndonos de nuevo.

–Creo que podría ser un poco tarde para eso.

–No estoy de acuerdo –él se acercó más a ella–. Tú sientes algo por mí… lo sé. Mírame y dime que no me deseas –la arrogancia había vuelto a su voz.

Ella lo miró e intentó decir algo, pero no pudo.

–¿Lo ves? ¡No puedes!

–Nicholas, las cosas no son tan sencillas –dijo ella con voz ronca.

–Las cosas son tan sencillas o tan complicadas como nosotros queramos que sean –él la tomó en sus brazos y la besó. Fue un beso intenso, lleno de pasión, y ella respondió de inmediato.

Todavía lo amaba…

–Lo ves –había un tono triunfal en la voz de Nicholas–. Me deseas, y ya está.

–No tanto –ella se apartó de él mientras fruncía el ceño.

–Escucha, ya sé que desconfías de mí. Sé que la he fastidiado, pero…

–Nicholas, estoy embarazada –las palabras salieron de su boca sin que pudiera evitarlo–. Debió de suceder en Venecia, aquella noche que… ya sabes.

En el atractivo rostro de Nicholas se reflejaba incredulidad. De no haber sido por la situación tan tensa, a ella le habría resultado divertido. Ésa era la prueba de fuego. Ése era el momento de averiguar si era verdad que la amaba.

–De modo que ya no se trata de ti y de mí –continuó ella–. Y ésa es otra de las razones por las que necesitamos dejar atrás la ira y la venganza. Pero no te preocupes. No quiero nada de ti. Puedo apañármelas yo sola…

–¿Desde cuándo lo sabes?

–Desde hace un par de días.

–Deberías habérmelo dicho –él se mesó los cabellos–. ¡Estabas embarazada yo te he lastimado! No me extraña que te desmayaras.

–Ya estoy bien.

–¡Cuánto lo siento, Catherine! –la sinceridad de sus sentimientos se reflejaba en los ojos–. Eres lo mejor que me ha sucedido en mucho, mucho tiempo –él le acarició una mejilla–. Estás embarazada y, justo cuando la vida no podría ser más perfecta, casi lo arruino.

–Nicholas –ella frunció el ceño–. No hace falta que finjas que quieres al bebé. Dije que me podía ocupar yo sola, y lo haré.

–¿De qué demonios hablas? –rugió él con la voz rota por la emoción–. Pues claro que quiero al bebé, y te quiero a ti. No se me ocurre nada que haya deseado más en mi vida.

Durante un rato, ella fue incapaz de hablar, estaba abrumada por los sentimientos de alegría, pero también de miedo de que se tratara de algún truco del destino.

–Por favor, dame una oportunidad para demostraros mi amor, a ti y al bebé. Podemos fijar la boda para después de tu cumpleaños. Te suplico que no me dejes.

Cat levantó la vista hacia el orgulloso rostro de Nicholas y supo que decía la verdad, y que si se marchaba, lo lamentaría el resto de su vida.

–Te amo, Nicholas –susurró ella.

–Yo también te amo –él la tomó en sus brazos y la abrazó con fuerza, seguro de que jamás la iba a soltar.

Bianca™

¿Creería que se había quedado embarazada de otro hombre… o podría aquel bebé arreglar su matrimonio para siempre?

En opinión de Patrizio Trelini, todo parecía indicar que Keira Worthington le estaba siendo infiel… y nadie se atrevía a burlarse de un italiano implacable como él. Así pues Patrizio echó de casa a su esposa y no quiso escuchar sus mentiras.

Pero dos meses más tarde Patrizio necesitaba que Keira volviese a su vida… y a su cama, aunque seguía convencido de que ella lo había traicionado.

Estando de nuevo a su lado, Keira tenía una última oportunidad de demostrar su inocencia… ¡pero entonces descubrió que estaba embarazada!

HARLEQUIN™

Bianca™

Esposa inocente
Melanie Milburne

Esposa inocente

Melanie Milburne

Acepte 2 de nuestras mejores novelas de amor GRATIS

¡Y reciba un regalo sorpresa!

Oferta especial de tiempo limitado

Rellene el cupón y envíelo a
Harlequin Reader Service®
3010 Walden Ave.
P.O. Box 1867
Buffalo, N.Y. 14240-1867

¡Si! Por favor, envíenme 2 novelas de amor de Harlequin (1 Bianca® y 1 Deseo®) gratis, más el regalo sorpresa. Luego remítanme 4 novelas nuevas todos los meses, las cuales recibiré mucho antes de que aparezcan en librerías, y factúrenme al bajo precio de $3,24 cada una, más $0,25 por envío e impuesto de ventas, si corresponde*. Este es el precio total, y es un ahorro de casi el 20% sobre el precio de portada. !Una oferta excelente! Entiendo que el hecho de aceptar estos libros y el regalo no me obliga en forma alguna a la compra de libros adicionales. Y también que puedo devolver cualquier envío y cancelar en cualquier momento. Aún si decido no comprar ningún otro libro de Harlequin, los 2 libros gratis y el regalo sorpresa son míos para siempre.

416 LBN DU7N

Nombre y apellido	(Por favor, letra de molde)	
Dirección	Apartamento No.	
Ciudad	Estado	Zona postal

Esta oferta se limita a un pedido por hogar y no está disponible para los subscriptores actuales de Deseo® y Bianca®.
*Los términos y precios quedan sujetos a cambios sin aviso previo.
Impuestos de ventas aplican en N.Y.

SPN-03   ©2003 Harlequin Enterprises Limited

Jazmín

Ángel de amor
Michelle Douglas

Había vuelto a casa por Navidad... ¿para conseguir una esposa?

En otro tiempo, Cole Adams y Cassie Campbell habían sido inseparables y habían recurrido el uno al otro en los malos momentos. Cassie llevaba diez años tratando de seguir adelante con su vida y olvidar el pasado, pero ahora Cole había vuelto a casa por Navidad y no podía evitarlo... ni a él, ni a los recuerdos.

Cole sabía que Cassie había cambiado; ahora era viuda y cuidaba de los demás de manera incansable. Pero la conocía bien y podía ver el dolor que escondía tras su alegre sonrisa. ¿Podría llegar al fondo de su maltrecho corazón y convertir a su ángel de Navidad en su esposa?

La seducción del millonario

Maxine Sullivan

El ejecutivo australiano Damien Trent
llevaba mucho tiempo esperando el
regreso de Gabrielle Kane... para
vengarse. Años atrás, aquella mujer
se había atrevido a abandonar su
cama sin darle ninguna explicación,
pero ahora necesitaba la ayuda de
Damien para poder salvar la empresa
de su familia. Damien estaba dispuesto a ayudarla... a cambio de que se
convirtiera en su esposa.
Pero después de cinco largos años de
espera, Damien no tenía intención de
que aquél fuera tan sólo un matrimonio de conveniencia.

La seducción del millonario
Maxine Sullivan

**Por fin estaba cerca el momento
en el que podría vengarse...**

8